Beiß zu

Killerkatzen

Buch Fünf

Skye MacKinnon

Übersetzt von
Annette Kurz

Peryton Press

Impressum

Beiß zu © 2021 Skye MacKinnon

ISBN: 9781913556242

Die Originalausgabe erschien 2020 unter dem Titel *Lick*.

Verlag: Peryton Press, The Old Library, Fort Road, Kilcreggan, Großbritannien.

Übersetzung: Annette Kurz

Umschlaggestaltung: Ravenborn Covers

Satz: Peryton Press

perytonpress.com

INHALT

Auf ein Wort, bevor es losgeht

Wie du aus den vorangegangenen vier Büchern schon weißt, spielt diese Serie in einer Welt, die der unseren sehr ähnlich ist, aber auch einige entscheidende Unterschiede aufweist. Die Technik hat sich anders entwickelt – es gibt zwar einige Geräte, die wir auch kennen, wie z. B. Fernseher, aber keine Handys, Autos oder das Internet. Übrigens auch keine Schusswaffen.

Und hier noch der Hinweis auf Skyes Newsletter, wenn ihr über Nachrichten und Neuerscheinungen informiert bleiben wollt:

skyemackinnon.de/newsletter

Eins

Junge Katzen sind von Natur aus böse. Eben noch schauen sie dich mit großen Augen und herzerweichendem Blick an, im nächsten Augenblick gehen sie dir an die Gurgel. Oder beißen dir ein Stück aus der Schulter, wie in meinem Fall.

Ich greife das getigerte Untier am Genick und werfe es weiter hinten aufs Bett. Ich hatte gerade einen so schönen Traum, in dem Messer und Katzenminze vorkamen. Das Kätzchen hat mich daraus aufgeweckt, und dafür muss es bestraft werden.

»Ich werde Benjamin sagen, er soll dein Katzenklo nicht sauber machen«, verkünde ich gähnend.

Als Antwort darauf schickt mir die kleine Katze mental ein Bild, wie sie auf meinen wunderschönen neuen Schreibtisch pinkelt.

Fast hätte ich ein Kissen nach ihr geworfen. Hatte ich schon erwähnt, dass kleine Katzen böse sind?

»Schlaf weiter«, murmelt Ryker. »Ist noch viel zu früh.«

»Ich würde ja noch schlafen, wenn dieser kleine Teufel mich nicht geweckt hätte.«

Ryker öffnet ein Auge und schließt es gleich wieder. »Das ist Tässchen. Sie hat Hunger.«

»Und? Ich habe auch Hunger, aber deshalb beiße ich noch lange nicht andere Leute.«

»Bist du sicher? Vergangene Nacht hast du ganz schön zugebissen.«

Ich zeige ihm die Zähne. »Wenn ich mich richtig erinnere, hat dir das Spaß gemacht. Sehr sogar.«

»Ich erinnere mich nicht mehr so genau ... könntest du das nochmal wiederholen?«

Diesmal werfe ich tatsächlich ein Kissen, aber nicht nach der jungen Katze.

»Aua!«

Ich verdrehe die Augen. »Das war nur ein Kissen, kein Messer. Kissen sind weich und tun nicht weh. Es sei denn, du erstickst jemanden damit. Das soll unter Umständen schmerzhaft sein.«

»Danke für die Killer-Unterweisung.«

»Immer gerne«. Ich seufze. »Jetzt, wo wir beide wach sind, wie sieht's aus mit Frühstück?«

Das Katzenjunge miaut. Ich zeige ihm die Zähne. »Nicht für dich. Du stellst dich jetzt erst mal in die Ecke – die für unartige Kinder.«

»So was haben wir doch gar nicht«, meint Ryker dazu.

»Na dann führen wir es ein. Aber bei Licht

betrachtet würde dann wohl die gesamte Katzenpopulation ein Zimmer blockieren. Und das kann man dann doch besser nutzen.«

Ryker lacht. »Deine pädagogischen Fähigkeiten sind noch ausbaufähig. Ich habe gehört, dass du Pumpkin beigebracht hast, wie man verschiedene Gifte erkennen kann?«

Ich zucke mit den Schultern. »Er muss auf alles vorbereitet sein. Wenn es ihm je gelingen sollte, menschliche Gestalt anzunehmen, braucht er Alltagsfähigkeiten. Er ist schon ganz gut im Jagen und Beute-Überwältigen, hat aber noch einiges zu lernen.«

Jetzt, wo wir alle im selben Haus wohnen, folgt mir Pumpkin wie ein Schatten überall hin. Er ist ganz besessen von meiner Arbeit und fragt ununterbrochen, warum ich was wie mache. Ich habe ihn einmal beobachtet, wie er versucht hat, auf seinen Hinterbeinen zu laufen. Das hat mir fast mein kaltes Mörderherz gebrochen.

Wobei das ja nicht länger kalt ist. Dieses Herz ist aufgetaut unter dem Einfluss meiner Freunde und meiner Männer. Und natürlich meiner Familie. Von Ivy und Vier habe ich gestern aber einen Brief erhalten, und Klein-Kat ruft regelmäßig an. Allen dreien scheint es bei Tante Rose gut zu gefallen, aber mit den Zwillingen werde ich nach Ablauf der vereinbarten sechs Monate noch einmal reden müssen. Rose hat mir erzählt, wie gut sie sich in der Schule eingelebt haben, weshalb mir viel daran liegt, dass sie bei ihr bleiben. Dort können sie eine normale Jugend erleben, aber nicht hier bei mir. Der Umstand, dass wir hier mit vielen jungen Katzen zusammenleben, bedeutet ja keinesfalls, dass dies die richtige Umgebung für Heranwachsende ist. Noch dazu für demnächst pubertierende Jugendliche. Nein danke.

Ich strecke mich und klettere aus dem Bett. Es ist das größte Modell, das wir finden konnten, aber immer noch ein bisschen eng, wenn wir zu viert darin liegen. Was aber nicht so oft vorkommt. So sehr ich meine drei Männer mag, ich brauche auch Zeit nur für mich. Kuscheln ist ja schön, aber manchmal wird mir die Nähe zu viel, wenn sie alle mit mir im Bett liegen. Ich bin schließlich eine Katze und brauche meine Unabhängigkeit.

Zum Glück respektieren sie das alle. Jeder von uns hat sein eigenes Zimmer, dazu noch dieses hier, in dem wir zusammenkommen, wenn uns danach ist. Vergangene Nacht kam Griffon noch dazu, aber er ist in den frühen Morgenstunden verschwunden. Lennox liegt wahrscheinlich irgendwo nackt in einem Graben. Ich grinse beim Gedanken daran. Es ist Vollmond, und er ist aufs Land gelaufen, um dort seinem inneren Wolf die Gelegenheit zu ein bisschen verrücktem Geheule und Herumjagen zu geben.

Daheim war Vollmond immer die Zeit, wo sich jeder nachts eingeschlossen hat und nicht nach draußen ging, weil dann die Gestaltwandler durch die Straßen zogen. Hier in Attenburg ist das anders. Die Wandler gehen hier nicht raus. An manchen Tagen bezweifle ich, dass die Menschen überhaupt von unserer Existenz wissen. Bisher waren Lennox und ich sehr vorsichtig, wenn wir uns draußen gewandelt haben. Für Ryker ist das leichter, er ist in seiner Tiergestalt schließlich kaum größer als eine normale Katze; aber ein Wolf und ein Panther würden schon auffallen. Deshalb verbringt Lennox die Zeit des Vollmonds außerhalb von Attenburg. Ich wäre mit ihm gegangen, wenn ich heute nicht einen wichtigen Termin hätte.

Ich schaue auf die Uhr. So ungern ich es zugebe, aber es war gut, dass mich das Katzenjunge geweckt hat. Ich hätte sonst verschlafen.

Ärgerlicherweise – und von mir zutiefst beneidet – bleibt Ryker im Bett. Glück muss man haben!

Ich gehe langsam hinunter in den ersten Stock, wo sich unserer Wohnlandschaft befindet. Im Erdgeschoss befinden sich mein Büro, ein Labor und eine Waffenkammer. Letztere ist mein Lieblingszimmer im ganzen Haus. Leider haben wir keinen Dachboden mehr, jedenfalls keinen so großen wie in unserem früheren Haus. Ich vermisse meine Hängematte, habe aber eingesehen, dass die einem Zusammensein mit meinen Partnern nicht förderlich ist.

Hier ist unser Dachgeschoss nur einen halben Meter hoch, wir verwenden es also nur zu Lagerzwecken. Sollten wir jemals Leichen zu verstecken haben, wäre das ein idealer Platz dafür. Wenn auch vielleicht ein bisschen zu offensichtlich.

Jemand hat einen Teller mit belegten Broten auf der Küchentheke stehenlassen. Die übrigen Mitglieder des M.I.A.U.-Teams wohnen in einem Außengebäude, das aber keine Küche hat, weshalb wir alle diese eine gemeinsam nutzen. Es ist schön, im Haupthaus nur meine Familie zu haben: meine Partner, meine Schwester und mich. Lily ist sowieso die meiste Zeit unterwegs und schließt Freundschaft mit den Einwohnern. Was bei ihr bedeutet, sie zu vögeln und zu verzehren. Auch wenn sie nur zur Hälfte eine Succuba ist, hat sie doch zugegeben, dass Sex bei ihr ein High auslöst. Sie braucht das nicht unbedingt, anders als bei hundertprozentigen Succuben, die regelmäßig von ihren Partnern zehren müssen. Für Lily ist das nur ein netter Nebeneffekt eines Zeitvertreibs, dem sie gut und gerne nachgeht. Auf diese Weise hat sie uns schon mit vielen Informationen über die High Society vor Ort versorgt. Wenn das stimmt, was sie uns erzählt hat, sind die meisten Mitglieder von Attenburgs oberster Gesellschaftsschicht Sirenen oder stehen zumindest in deren Diensten.

Da wir nicht weiter auffallen wollen, ist Griffon im Haus geblieben. Er will nicht, dass ihn jemand erkennt. Er war zwar schon viele Jahre nicht mehr hier, aber sein Vater gehört im Ort zu den hohen Tieren und angeblich gibt es zwischen den beiden eine große Familienähnlichkeit. Bis wir mehr wissen, ist es besser, er bleibt für die anderen unsichtbar, auch wenn ihm das gewaltig auf die Nerven geht. Er geht in der Morgen- oder Abenddämmerung spazieren, wenn die Straßen noch leer sind. Zum Glück wohnen wir am Rande der Stadt. Nur hier konnten wir uns ein Haus von dieser Größe leisten. Roses Tochter, selbst Immobilienmaklerin, hat es für uns gefunden und einen erstaunlich guten Preis ausgehandelt. Gegenwärtig haben wir es gemietet, bis wir sicher sind, ob wir dauerhaft in Attenburg wohnen bleiben wollen oder woanders hingehen, wenn wir meine Schwester gefunden haben.

K7. Die einzige meiner Schwestern , die ich noch nicht gefunden habe. Sie lebt irgendwo in dieser Stadt, wenn wir unseren Quellen glauben dürfen; aber egal wie oft Caitlin und ich schon durch die Straßen gelaufen sind und nach ihrer Duftspur gesucht haben, war bisher alles erfolglos. Angeblich hat K7 ihre wilden Phasen, in denen sie dann eingesperrt sein müsste. Ich will gar nicht darüber nachdenken, dass sie irgendwo in einer Anstalt untergebracht sein könnte oder an einem noch schlimmeren Ort. Nein, ich stelle mir vor, sie lebt in einer liebevollen Familie, die sie gern hat und in der sie sicher ist. Das entspricht sicher nicht den Tatsachen, ist aber die einzige Art, wie ich mit klarem Verstand an sie denken kann.

Ich lehne an der Theke, während ich mein Brot kaue. Es ist etwas aufgeweicht wegen der darauf liegenden Gurkenscheiben, aber das ist mir egal. Es ist etwas Essbares, das allein zählt. Ich bin nicht gerade ein Gourmet. Ich weiß gutes Essen schon zu schätzen, aber meistens bedeutet essen lediglich Nahrungsaufnahme, während meine Gedanken schon bei anderen Dingen sind. So wie jetzt.

Ich versuche, mich zu erinnern, was heute alles so ansteht. Bin zu faul, ins Büro hinunterzugehen und nachzusehen, was auf meiner To-Do-Liste steht. Wir haben hier noch kaum Kunden, können ja auch nicht gerade Werbung für uns machen, aber für die nächste Zeit haben wir genug Geld. Ich muss nicht sofort nach Arbeit suchen. Dabei komme ich mir ohne ein paar Zielpersonen allerdings reichlich nutzlos vor. Ich könnte zwar wahllos ein paar Leute umbringen, aber das würde mich zum Mörder machen, und ich bin schließlich Auftragskiller. Ich töte nicht zum Vergnügen. Es ist ein Geschäft, das ich auch entsprechend führe. Mit Buchhaltung und Akten und Angestellten.

Das Geräusch der Katzenklappe lässt mich herumfahren. Ben hat sie eingebaut, damit die Horde an Jungkatzen frei aus- und eingehen kann. Ein Großteil von Rykers Katzentruppe haben wir zurückgelassen, aber nach letztem Stand gibt es hier immer noch einundzwanzig Katzen in Benjamins Obhut. Er kümmert sich um die Katzenkinder, während Ryker für die erwachsenen Katzen zuständig ist und aufpasst, dass sie sich nicht mit der örtlichen Katzenpopulation anlegen. Anfangs gab es viele Machtkämpfe zwischen den beiden Gruppen, aber jetzt ist es ruhiger geworden. Bald werden die Katzen Attenburg so gut kennen wie ihr altes Zuhause, und dann können sie wieder für mich spionieren und auf Botengänge gehen. Auf diese Weise macht sich dann auch die Unmenge an Katzenfutter bezahlt, das wir alle zwei Wochen besorgen müssen. Mein Vorrat an Katzenminze ist weggeschlossen und wird streng verwahrt. Ich habe Pumpkin einmal eine kleine Kostprobe gegeben, aber nur dieses eine Mal, denn sein Vater war nicht gerade begeistert, als er seinen Sohn in der Badewanne Saltos schlagen sah. Vor die Wahl gestellt, ob ich lieber Pumpkin oder Ryker zufriedenstelle, würde ich mich immer für meinen Ryker entscheiden.

Miau.

Wenn man vom Teufel spricht. Pumpkin kommt in die Küche und wedelt äußerst selbstbewusst mit dem Schwanz von einer Seite zur anderen. Er hat die Vorherrschaft unter den Katzenjungen und genießt diese Rolle sichtlich.

»Morgen«, murmele ich und kaue auf dem letzten Bissen von meinem Brot.

Pumpkin miaut und reibt sich dann an meinen Beinen. Ich bücke mich und kraule seinen kleinen Kopf. Er ist immer noch winzig, obwohl er unter den Katzen jetzt schon bald zu den Jugendlichen gehört. Ich frage mich, ob er auch so klein sein würde, wenn er je zu einer Wandlung fähig wäre. Vorläufig bleibt abzuwarten, wie sich alles mit ihm weiter entwickelt.

»Dein Vater ist oben, falls du ihn suchst«, erkläre ich ihm, als er suchend den Kopf dreht und den Blick durch die Küche schweifen lässt.

Er schickt mir mental ein Bild von einer Tüte Katzenminze, die ich unter Verschluss halte.

»Nein. Nicht nach dem, was beim letzten Mal passiert ist. Ryker würde mich umbringen, wenn ich dir nochmal welche gebe.«

Er sieht zu mir auf, und seine Augen scheinen noch größer und niedlicher zu werden. Ich kann förmlich spüren, wie mein Herz wachsweich wird und sich dicke, klebrige Tropfen darin bilden.

Nein. Ich muss hart bleiben. Kann mir schließlich nicht von einer kleinen Katze sagen lassen, was ich tun soll. Egal, wie niedlich sie ist.

»Du bekommst von mir keine Katzenminze. Aber

wie wär's mit Milch? Oder einem schönen Stück Steak, da müsste noch was im Kühlschrank sein. Benjamin sorgt immer für ausreichende Vorräte.« Er kauft mehr Essen für die Katzen als für uns Menschen. Bethany hat sich schon häufig darüber geärgert, dass er ihre Snacks vergessen hat. Sie ernährt sich schließlich davon – und anderem Junkfood.

Pumpkin protestiert miauend. Verwöhnter Schlingel.

»Ich gebe nicht nach. Du kannst entweder was Richtiges zu essen haben oder rausgehen.«

Er starrt mich ärgerlich an, da ist nichts Niedliches mehr im Blick. Er schlägt einmal kurz mit dem aufgestellten Schwanz, dann marschiert er aus der Küche und lässt mich zurück mit dem Gefühl, eine ganz böse Stiefmutter zu sein.

ZWEI

Jemand hat mir einen Brief auf den Schreibtisch gelegt. Eigentlich ist das eher ein Tisch, nicht wie dieses wunderschöne alte Teil, das ich im Haus des Geheimnisvollen Unbekannten hatte. So will ich ihn weiter nennen. Auch wenn das nicht sein wirklicher Name war. Der ist mit zu vielen schlimmen Erinnerungen verbunden.

Ich sitze auf meinem hölzernen Schreibtischstuhl – was mich auch wieder wehmütig an den bequemen Ledersessel denken lässt, der früher diese Funktion erfüllte – und schlitze den Umschlag auf. Er ist dick und aus qualitativ hochwertigem Papier, nicht der Billigkram aus den normalen Geschäften.

Der Brief ist gerichtet an »Sehr geehrte Damen und Herren«. Beim Lesen habe ich das Gefühl, es handelt sich um ein Serienschreiben, nicht einen persönlichen Brief.

Wir möchten Sie herzlich einladen, sich die Chance auf das Geschäft des Jahrhunderts nicht entgehen zu lassen. Es kann Ihnen zu Reichtümern jenseits Ihrer Vorstellungskraft verhelfen. Und den Nervenkitzel eines wirklich einmaligen Abenteuers verschaffen, das Ihr Leben verbessern kann oder es auslöschen wird. Ja, diese Unternehmung kann tödlich enden, aber der Einsatz ist es wert.*

Um mehr über diese exklusive Chance zu erfahren, folgen Sie bitte den mitgelieferten Hinweisen. Sie werden verstehen, dass wir nur den am besten geeigneten Kandidaten weitere Informationen zukommen lassen können. Wagen Sie diese Tests nur, wenn Sie Erfahrung haben in List, Tarnung, Diebstahl, Auftragsmord oder ähnlichem.

Bitte geben Sie dieses Schreiben nicht an die Polizei weiter. Jeder Brief ist markiert, wir können also jederzeit feststellen, wer gegen das Vertraulichkeitsgebot verstoßen hat.

Mit freundlichen Grüßen
Die Witwe

* unserer Meinung nach

Ich lese den Brief mehrere Male. Das ergibt keinen Sinn. Geschäft des Jahrhunderts. Das hört sich schon nach etwas an, das mich interessieren könnte. Wo ich im Moment ja auch nichts Besseres zu tun habe.

Nur, wie haben die mich überhaupt gefunden? Ich habe meine Anwesenheit in Attenburg nicht gerade öffentlich verkündet. Ob das so ein Werbeschreiben ist, das an jeden Haushalt verschickt wird? Kann nicht sein, allein das Papier wäre dafür schon zu teuer. Jemand weiß, dass ich hier bin, dass *wir* hier sind. Das verschafft mir einerseits eine gewisse Genugtuung, ist andererseits besorgniserregend. Aber diese Untätigkeit ist nichts für mich. Ich muss etwas tun. Dieses Angebot hört sich besser an, als hier weiter Pfötchen zu drehen.

Folgen Sie den mitgelieferten Hinweisen. Ich schaue in den Umschlag, aber da ist nichts weiter drin, nur der Brief. Komisch. Natürlich ist auch kein Absender angegeben. Das wäre wohl auch zu einfach gewesen.

Irgendetwas übersehe ich. Es sei denn, sie haben vergessen, die Hinweise in den Brief zu tun.

Ich nehme Brief und Umschlag und suche denjenigen, der ihn mir auf den Schreibtisch gelegt hat. Bethany ist im Wohnzimmer und blättert entspannt in einer Zeitschrift. Sie sieht kaum auf, als ich das Zimmer betrete. Sie langweilt sich offensichtlich ebenfalls. Ich konnte ihr in letzter Zeit keine Leiche zum Spielen überlassen, und sie musste auch nichts stehlen oder neue Gifte entwickeln. Mit Lilys Hilfe hat sie ein ungenutztes Badezimmer in ein improvisiertes Labor umgewandelt, aber nichts im

Vergleich zu dem geräumigen, gut ausgestatteten Labor in unserem alten Haus.

»Hast du diesen Brief in mein Büro gelegt?«, frage ich sie.

»Jo. Ich glaub, du hast einen Verehrer.«

Ich lege die Stirn in Falten. »Wieso Verehrer?«

»Da waren Pralinen drin.« Sie deutet auf eine offene Schachtel mit Trüffeln vor sich auf dem Tisch. »Ich hab gedacht, du würdest dir nichts daraus machen, also hab ich ein paar probiert. Natürlich nur, um sicherzugehen, dass sie nicht vergiftet sind.«

Ich verdrehe die Augen. »Klar doch.«

Das muss der Hinweis sein. Gibt es in Attenburg eine Schokoladenfabrik?

Ich nehme die Schachtel hoch. Es ist ein schwarzer Karton. An der einen Kante sehe ich eine Delle, aber das könnte Bethany gewesen sein. Kein Markenname oder auch nur ein Band; nur die Schachtel. Darin befinden sich zehn kleine Fächer, von denen drei jetzt allerdings leer sind. Gierschlund. Die verbliebenen sieben Pralinen sind vollkommen symmetrische Kugeln, zwei dunkle, drei weiße, zwei hellbraune. Ich persönlich mag weiße Schokolade am liebsten, beherrsche mich jetzt allerdings. Das könnten die Hinweise sein, die ich brauche, um dieses merkwürdige Rätsel zu lösen.

»Die Pralinen, die du schon gegessen hast, wonach haben die geschmeckt?«

Bethany sieht mich verwirrt an. »Wie Schokolade? Süß. Köstlich.«

»War was drin?«

»Nee. Ehrlich gesagt, war ich da etwas enttäuscht. Ich hatte auf eine cremige Füllung gehofft, oder ein bisschen Alkohol oder auch nur eine Nuss, aber es war nur Luft drin.«

Das lässt mich hoffen. Ich nehme eine Praline nach der anderen in die Hand und schüttele sie vorsichtig. Die braunen hören sich alle hohl an, aber eine der weißen Kugeln ist schwerer als die anderen. Ich breche sie auf – nehme dafür die Finger statt der Zähne – und lächele, als ein winziger Plastikschlüssel im Innern zum Vorschein kommt. Er ist nicht größer als mein Daumennagel, aber es gibt keinen Zweifel, dass es ein Schlüssel ist. Darunter befindet sich ein zusammengefaltetes Stück Papier.

Ich lege die Schokolade zurück, die sofort von Bethany konfisziert und in den Mund gesteckt wird.

Ich schenke ihr weiter keine Beachtung und falte das Papier auf. Darauf befinden sich fünf Symbole, mit kruden Strichen aufgemalt. Sie sehen vertraut aus, aber ich kann mich nicht erinnern, wo ich solche Zeichen schon einmal gesehen habe. Ich zeige sie Bethany.

»Hast du ’ne Ahnung, was das bedeuten könnte?«

Sie schüttelt den Kopf, kaut immer noch auf der Schokolade. »Nein, aber frag mal Benjamin. Ich weiß, dass er alle möglichen Geheimsprachen gelernt hat, als er noch als Dieb gearbeitet hat. Die haben verschiedene Zeichen, mit denen sie einander mitteilen, wo sich der Einbruch lohnt oder wo man sich besser fernhält, weil es zu viele Wachen gibt.«

»Danke. Ist er drüben bei euch im Nebengebäude?«

»In unserem Schuppen, meinst du. Ja, ist er.«

»Hey, das ist ein richtig gutes Außengebäude. Eine Zweitwohnung. Kein Schuppen.«

Sie schnaubt verächtlich. »Du hast leicht reden, du wohnst in dem schönen großen Haus. Und musst nicht Benjamins Schnarchen ertragen.«

Sie scheint aber nicht wirklich unglücklich zu sein. Sie meckert nur gern ein bisschen. Hoffe ich zumindest. Ich will keine Unruhe in meinem Team. Als ich dieses Anwesen zum ersten Mal gesehen habe, fand ich es gleich perfekt, wie für uns gemacht. Genug Platz für acht Personen, dazu noch Arbeitsbereiche. Ich halte die Orte für Arbeit und Freizeit gern getrennt. Hier ist das leichter, weil ich nicht jeden Tag rund um die Uhr arbeite. Statt die Bösen zu bekämpfen, muss ich hier nur gegen Langeweile ankämpfen.

Ich überlasse Bethany den Pralinen – und erwarte natürlich nicht, je eine davon wiederzusehen – und gehe hinüber ins Nebengebäude. Ein mit Steinplatten ausgelegter Weg, der von hohen Ziegelmauern umgeben ist und uns so vor neugierigen Blicken der Nachbarn schützt, führt durch den Garten und verbindet die beiden Gebäude. Das Haus zu unserer Rechten ist unbewohnt und wurde von den Katzen in Besitz genommen. Zu unserer Linken wohnt eine alte Frau, halb blind und taub. Sie lächelt mich immer an, wenn ich sie sehe, und ich lächele zurück, ganz die gute Nachbarin. Wenn sie nur wüsste, was sich da in ihrer unmittelbaren Nachbarschaft abspielt! Wir haben zwar zurzeit keine Leichen im Keller, aber ich wette, es wird nicht mehr allzu lange dauern, bis sich wieder ein abgetrennter Kopf im Kühlschrank findet oder ein paar Gliedmaßen im Labor.

Benjamins Schnarchen ist schon zu hören, noch bevor ich das Haus betrete. Dem geht's gut. Ich wünschte, ich könnte auch noch schlafen. Aber wo ich nun wach sein muss, soll ihm das gleiche Schicksal widerfahren. Das Leben ist ungerecht.

Zwei der Katzenjungen liegen in der kleinen Diele, die zu einem großen Schlafzimmer und einem engen Treppenaufgang führt. Eines der beiden ignoriert mich komplett und leckt weiter seine Pfoten, während das andere, ein kleiner Kater mit auffallend weißem Fell und grauen Ohrmuscheln, grüßend den Kopf neigt. Der kleine Kater gehört schon zu den älteren Jungkatzen, seiner Größe nach zu urteilen.

»Möchtest du Benjamin wecken?«, frage ich ihn mit teuflischem Grinsen.

Ich könnte schwören, der kleine Kater lächelt zurück. Er steht auf, krümmt den Rücken und folgt mir dann die Treppe hinauf in den ersten Stock. Benjamin hat sich aus irgendeinem Grund das kleinste Zimmer ausgesucht. Ist mir auch egal. Bethany, Lily und er können sich das kleine Haus aufteilen, wie sie möchten. Das ist ihr Reich.

Der kleine Kater miaut, als ich Benjamins Tür öffne. Er springt hinein, und ich warte, mit einem Lächeln auf den Lippen. Zwei Sekunden später zeigt mir ein Schrei, dass Benjamin jetzt wach ist. Ich schlendere hinein, die Unschuld in Person.

»Morgen. Hat dich der Kleine etwa geweckt?«

Der fragliche Kater steht auf Benjamins Gesicht,

wobei seine Pfoten nur knapp dessen Augen verfehlt haben.

»Tu nicht so, als ob Muffin allein auf die Idee gekommen ist«, knurrt Benjamin. »Er benimmt sich normalerweise tadellos.«

Der Kleine sieht mich an, als sei er gerade beleidigt worden.

»Ich weiß, dass man das so nicht sagen kann«, beruhige ich Muffin. »Du benimmst dich ganz bestimmt nicht tadellos.«

Er signalisiert mir seine Zustimmung, springt dann von Benjamin herunter und rollt sich am Fußende des Betts zusammen.

Benjamin starrt mich verärgert an. »Was willst du? Ich hatte gerade einen so schönen Traum.«

»Ist schon spät. Die frühe Katze fängt die Maus.«

»Du machst dir aus der frühen Maus doch auch nichts. Tu nicht so, als wärst du schon auf, weil das dein freier Wille war. Hast du schon deinen Termin gehabt?«

Ich erstarre. Huch. Da war was.

»Noch nicht«, antworte ich ausweichend. Ein Blick auf die Uhr. Verdammt nochmal, ich bin zu spät dran. Das macht nicht gerade einen guten ersten Eindruck.

Ich schiebe Benjamin den Zettel hin. »Erkennst du diese Symbole?«

Er blinzelt, die Müdigkeit lässt seine Gesichtszüge weich erscheinen. »Klar doch. Du nicht?«

Ich verdrehe die Augen. »Wäre ich sonst hier? Kannst du mir die Bedeutung aufschreiben? Ich muss los, leg die Antwort einfach auf meinen Schreibtisch.«

Ich drehe mich um, ärgere mich über mich selbst, weil ich die Besprechung vergessen habe. Ich hätte gleich nach dem Frühstück hingehen sollen statt in mein Büro. Ich muss mich anscheinend noch an mein neues Leben hier gewöhnen. Früher hatte ich einen festen Tagesablauf. Jetzt improvisiere ich eher.

»Lauf, Kätzchen, lauf«, ruft Benjamin mir hinterher, als ich eilends das Haus verlasse. Ich zeige ihm den Stinkefinger, auch wenn er das nicht sehen kann. Gibt mir trotzdem ein befriedigendes Gefühl.

DREI

Attenburgs Rathaus ist ein imposantes Gebäude, das die benachbarten Häuser um einiges überragt. Es befindet sich in der Mitte des Marktplatzes, dessen Stände heute allerdings nur zur Hälfte besetzt sind. Ich nehme die Direttissima über den Platz hinweg und eile die Marmorstufen hinauf zum Eingang des Rathauses. Die Flügeltüren stehen weit offen, aber ich bin die Einzige, die hineingeht. Keine Wachtposten sind zu sehen. Das überrascht mich. Attenburg ist eine reiche Stadt, was auch am Prunk des Rathauses leicht abzulesen ist: teurer Marmor, kostbare Hölzer, Edelsteine als Verzierung an den Türen, das kann Begehrlichkeiten wecken. Wenn ich hier etwas zu sagen hätte, würde ich dafür sorgen, dass keiner durch diesen zur Schau gestellten Reichtum in Versuchung geführt wird. Ich kann das Geld im Tresorraum förmlich riechen. Schade, dass ich kein einfacher Dieb bin. Ein Einbruch könnte hier Spaß machen, zumal die Sicherheitsvorkehrungen zu wünschen übrig lassen.

Eine halbkreisförmige Empfangstheke nimmt den meisten Platz im Eingangsbereich ein. Zwei in elegantes Schwarz gekleidete Damen stehen dahinter. Einige weitere Besucher verteilen sich an den Rändern des Raumes und warten wahrscheinlich auf ihre Termine.

»Wie kann ich Ihnen helfen?«, fragt mich eine der Frauen. Ihr Haar ist unnatürlich weißblond gefärbt; diese Farbe sähe an ihr nur natürlich aus, wenn sie dreißig Jahre älter wäre.

»Ich habe einen Termin bei Lady Lara.«

Ich erwähne lieber nicht, dass ich eine halbe Stunde zu spät dran bin.

»Name?«

»Feln. Katriona Feln.«

Ich hatte überlegt, ob ich einen falschen Namen angeben sollte; aber letzten Endes wird das keinen Unterschied machen. Ich bin sicher, dass einige Mitglieder der Meute meinen selbstgewählten Namen kennen und ihn gegebenenfalls an die Fangs weitergegeben haben. Auch wenn von der Meute nicht mehr viel übrig ist. Wir haben ihre Labore abgefackelt, dazu noch den größten Teil ihres Hauptquartiers. Als wir den Ort verließen, hatten sich die verbliebenen Anführer versteckt und die jungen Wandler, die sie in ihrer Organisation wie Sklaven behandelt hatten, einfach zurückgelassen. Zum Glück musste ich mich darum nicht weiter kümmern. Herr Moon, Lennox‘ Mentor, hat angeboten, das zu übernehmen. Ich hoffe, er hat sie selbst entscheiden lassen, ob sie bleiben oder gehen und auf sich selbst gestellt überleben wollten; aber ehrlich gesagt, wollte ich es nicht darauf ankommen lassen und habe deshalb nie direkt nachgefragt.

»Sie sind zu spät«, meint die Empfangsdame mit missbilligendem Stirnrunzeln.

Als ob ich das nicht wüsste. Ich entschuldige mich nicht. Schließlich habe ich keine Verabredung mit dieser Dame. Sie ist unwichtig.

»Nehmen Sie den Aufzug in den vierten Stock und warten Sie dort im Empfangsbereich. Ich werde nachsehen, ob Lady Lara noch Zeit für Sie hat oder ob sie schon den nächsten Termin hat.«

Ich nicke und drehe mich um zum Aufzug am anderen Ende des Raumes. Ich mag keine Fahrstühle. Das sind unzuverlässige Metallkästen, die irgendwann versagen und alles mit sich in den Abgrund reißen. Nein, ich nehme lieber die Treppe. Zum Glück ist das Treppenhaus neben den Aufzügen gut ausgeschildert. Ich nehme zwei Stufen auf einmal und bin froh, dass ich trotzdem nicht außer Atem bin, als ich im vierten Stock ankomme. Ich habe seit unserem Umzug nicht so viel trainiert wie sonst.

Eine Frau erwartet mich, als ich den Treppenaufgang verlasse. Ihr weißer Overall bildet einen starken Kontrast zu ihrer schwarz wie Ebenholz schimmernden Haut. Es scheint gerade so, als habe sie sich mit Glitter besprüht. Ist das die neueste Mode? Oder Natur? Ihre schwarzen Haare hat sie zu einem eleganten Haarknoten hochgebunden, der sie aber älter aussehen lässt, als sie wahrscheinlich ist. Mitte bis Ende dreißig, schätze ich. Sie ist hübsch, aber nicht hübsch genug für eine Sirene. Dem Himmel sei Dank. Ich hatte gehofft, dass ich es hier mit einem Menschen zu tun haben würde, das ist weniger gefährlich.

»Frau Feln?«

Ihre Stimme klingt überraschend tief, aber sehr melodisch.

Ich nicke und rufe mir ins Gedächtnis, dass ich höflich sein muss. »Lady Lara?«

»So ist es. Sie sind spät dran.«

»Entschuldigen Sie, es ist etwas dazwischen gekommen.«

»Macht nichts. Das hat mir die Möglichkeit gegeben, ein bisschen zu lesen. Dazu komme ich im Moment kaum noch.« Sie lächelt mich an. »Als ich diese Stelle angenommen habe, war mir nicht bewusst, wie viel von meinem Privatleben ich würde opfern müssen. Aber lassen Sie uns an einen nicht so öffentlichen Ort gehen.«

Sie führt mich in ein geräumiges Büro. Die Wände sind mit dunklem Holz ausgekleidet, aber ansonsten ist der Raum mit hellen Möbeln bestückt, wodurch das Ganze nicht zu düster wirkt. Ein Tablett mit Tee und Keksen erwartet uns auf einem kleinen Beistelltisch neben zwei Ledersesseln. Sie fordert mich auf, mich dort zu setzen; dem komme ich gern nach und sinke in die weichen Polster. So einen brauche ich für Zuhause. Wir haben zwei Sofas, die wir vom Vorbesitzer übernommen haben, die aber ziemlich abgenutzt und unbequem sind.

Sie nimmt mir gegenüber Platz und schenkt uns Tee ein. Sie reicht mir lächelnd eine Tasse, bevor sie sich wieder zurücklehnt und mich aufmerksam mustert.

»Also, Frau Feln, Sie haben sich um die Stelle beworben, und Ihre Bewerbung hat mir gefallen. Weniger Blahblah als in den meisten anderen. Ich mag Menschen, die direkt sind und ihre Leistungen nicht unnötig hervorheben. Sie haben natürlich nicht so viele Qualifikationen wie andere Bewerber, aber ich wollte Sie dennoch kennenlernen.«

Nicht so viele Qualifikationen. Ich grinse in mich hinein. Eigentlich gar keine. Ist ja nicht so, dass mir die Meute etwas anderes als Töten, Stehlen und Foltern beigebracht hätte. Zusätzlich höchstens noch Giftmischen und Verführung.

»Wie haben Sie von der Stellenanzeige erfahren?«, fährt sie fort.

»Eine Bekannte hat sie mir gegeben. Ich bin erst vor kurzem in diese Stadt gezogen und suche nach einer Gelegenheit, meine Zeit möglichst nutzbringend einzusetzen. Dies schien mir die Gelegenheit dafür zu sein.«

Lady Lara zieht eine Augenbraue hoch. »Da bin ich aber froh, dass Sie es *nutzbringend* finden, Ihre Zeit dafür zu verwenden. Es wäre in der Tat ein nicht zu verachtender *Nutzen* für mich, nicht umgebracht zu werden.«

»Wieso fürchten Sie um Ihre Sicherheit?«, frage ich. »In der Anzeige stand dazu nichts.«

Sie lacht. »Natürlich nicht. Meine Feinde sollen schließlich nicht wissen, dass sie mich dazu gebracht haben. Aber nach zwei Attentatsversuchen in den vergangenen drei Wochen will ich das Schicksal nun nicht länger herausfordern. Ich bin es leid, ständig über die Schulter schauen zu müssen. Ich brauche jemanden, der das für mich tut.«

»Wie hat man versucht, Sie umzubringen?«

»Mit vergiftetem Gin – einem anonym abgegebenem Geschenk – und einem Messer an meiner Kehle. Zum Glück war der zweite Killer schlecht ausgebildet, und meine Selbstverteidigungskünste haben ausgereicht. Aber wie gesagt, ich erwarte nicht, dass ich ein drittes Mal genauso viel Glück habe. Und da kommen Sie ins Spiel.«

Ich nicke. »Wie ich in meiner Bewerbung geschrieben habe, kann ich Ihnen Schutz anbieten und das Verhindern weiterer Anschläge. Wenn Sie wissen, wer hinter den Attentaten steckt, wird es mir ein Vergnügen sein, diejenigen aufzusuchen und dafür zu sorgen, dass sie es nicht wieder tun.«

»Das wird nicht nötig sein. Jedenfalls noch nicht. Wie gesagt, ich will nicht, dass die Schuldigen wissen, wie besorgt ich bin. Ich werde ganz normal weitermachen, privat wie beruflich, aber ich könnte besser schlafen, wenn ich wüsste, dass jemand nach weiteren Bedrohungen Ausschau hält. Sie sagten, Sie hätten Erfahrung im Umgang mit Attentätern?«

»Ja, habe ich.«

Umgang – nun ja, ich arbeite mit ihnen *zusammen*. Oder sorge dafür, dass ich die Zielperson vor ihnen erreiche. Aber das muss ich ihr nicht auf die Nase binden. Schließlich wäre ich wirklich eine gute Wahl, um weitere Anschläge auf Lady Lara zu verhindern. Ich weiß, wie die Killer denken, wie sie vorgehen. Ich muss mir nur vorstellen, wie ich selbst es anstellen würde, und dann entsprechend handeln.

»Das ist gut. Sehr gut. Mir sind praktische Erfahrungen bedeutend lieber als Zeugnisse und Uni-Abschlüsse.«

»Es gibt ein Studium zur Abwehr von Attentätern?«, unterbreche ich sie.

Sie lacht erneut. »Nein, aber in Psychologie. Die meisten Bewerber haben Kenntnisse in irgendeiner Form von Profiling. Sie nicht, und das hat Sie von den anderen unterschieden.« Sie räuspert sich. »Gut, da ich in der Stellenausschreibung keine genauen Angaben machen konnte, kommen wir zu den Aufgaben, die Teil des Jobs sind. Erstens muss dieser Raum so sicher wie möglich gemacht werden. Ich will nicht, dass irgendjemand mich ausspioniert. Außerdem müssen Sie mich in Sicherheitsfragen beraten. Der vorherige Bürgermeister hat sich in diesem Gebäude überhaupt nicht um Sicherheitsvorkehrungen gekümmert, aber das wird sich ab sofort ändern. Ich will nicht, dass sich jemand zum Rathaus Zutritt verschafft, der nicht hierher gehört. Sobald das alles geregelt ist, brauche ich gelegentlich eine Begleitung zu Veranstaltungen und Besprechungen. Jemanden, der nicht als Bodyguard auftritt, sondern als zusätzlicher Gast oder mein Assistent. Es ist nicht üblich, zu solchen Veranstaltungen Wachpersonal mitzunehmen, aber in der derzeitigen Situation kann ich mir nicht erlauben, sie alleine aufzusuchen.«

Ich nicke und versuche, nicht durchscheinen zu lassen, wie sehr ich diesen Job haben will. Er könnte mir

Türen öffnen, Gelegenheit zu eigenen Geschäften bieten, mir vielleicht sogar helfen, meine Schwester zu finden. In der Nähe der Bürgermeisterin zu sein, könnte sich als das Beste erweisen, was mir hier passieren kann. Sie muss sich jetzt nur noch für mich entscheiden.

»Wenn ich fragen darf, warum will Sie jemand unbedingt umbringen?«, erkundige ich mich. »Wie schon erwähnt, bin ich neu hier in Attenburg und kenne mich in der Lokalpolitik noch nicht aus.«

Sie presst die Lippen zu einer dünnen Linie zusammen, ihre gute Laune scheint blitzartig verflogen zu sein. »Attenburg ist schon immer ein sehr konservativer Ort gewesen. Extravagant, schrill, in jeder Hinsicht auffallend, das schon, aber im Hintergrund wurde die Stadt von alten Männern regiert, die an der Macht festhielten. Ich bin die erste Frau in diesem Amt. Ich verkörpere den Wandel, vor dem viele so große Angst haben. Ich komme nicht aus einer der mächtigen Familien. Ich habe auch nicht so viel Geld wie einige andere Politiker. Aber ich habe die Unterstützung der Menschen hier und besonders des Gemeinderats. So kam ich auch zu diesem Amt. Und ich habe vor, es weiter auszuüben.«

Ihre Augen blitzen voller Überzeugung. »Die Stadt braucht mich. Wir sind schon zu lange durch Klassenunterschiede getrennt. Die höheren Kreise leben in Saus und Braus, während normale Bürger kaum über die Runden kommen. Das muss sich ändern, und ich habe vor, diesen Prozess hier in Attenburg in Gang zu setzen.«

Am liebsten würde ich ihr applaudieren, aber ich

belasse es bei einem Nicken und einem Lächeln. »Ich kann verstehen, dass das nicht bei allen gut ankommt.«

»Das ist sehr vorsichtig formuliert. Es grenzt an ein Wunder, dass ich es bis hierher geschafft habe. Ich bin zwar jetzt Bürgermeisterin, aber nicht so arrogant zu glauben, dass meine Feinde mich nun in Frieden lassen werden. Ich muss unbedingt weitere Unterstützer finden, mächtige Unterstützer – deshalb diese Versammlungen, auf die ich gehen muss. Zugegeben, sie sind oft langweilig und ermüdend, aber leider notwendig.« Sie verzieht das Gesicht. »Auch wenn ich viel lieber hierbliebe und mich um wichtigere Dinge kümmern würde. Zum Beispiel darum, dass jeder Bewohner genug zu essen hat. Mir bleiben manchmal die Lachshäppchen im Halse stecken, wenn ich nur daran denke. Aber manchmal muss man mit dem Teufel paktieren, um andere vor der Hölle zu bewahren.«

Lady Lara nippt an ihrem Tee, und ich bemerke erst jetzt, dass ich meinen noch nicht angerührt habe. Unser Gespräch hat meine Aufmerksamkeit so beansprucht, dass ich den Tee glatt vergessen habe. Was nicht oft passiert. Das ist wirklich eine interessante Frau. Als ich mich um diese Stelle bewarb, stellte ich mir die Bürgermeisterin als hochnäsige alte Frau vor, geprägt von Traditionen, die sie in die Zukunft retten wollte. Stattdessen ist sie modern, fortschrittlich und selbst noch keine vierzig. Sie könnte mir gefallen. Aber noch habe ich den Job nicht. Dies ist schließlich nur ein Vorstellungsgespräch, wenn auch kein sehr förmliches.

»Nehmen Sie doch einen Keks«, bietet sie mir an.

Ich habe keinen Hunger, nehme aber aus Höflichkeit einen. Aus alter Gewohnheit schnüffele ich daran – und erstarre. Der Geruch von Kupfer mit einem Hauch von Apfel ist unverkennbar.

»Fassen Sie die nicht an«, rufe ich laut und werfe meinen Keks zurück auf den Teller. »Die sind vergiftet.«

Lady Lara sieht mich mit verschmitztem Grinsen an. »Das stimmt in der Tat. Gut gemacht. Zwei der anderen Bewerber haben das nicht erkannt.«

Ein Schauer läuft mir über den Rücken. In der Meute wurde uns dieses Gift verabreicht, weil unsere Lehrer uns zeigen wollten, wie sich nicht tödliche Gifte anfühlten. Ich verbrachte vier Tage im Bett, kotzte mir die Seele aus dem Leib und hatte dabei die schlimmsten Halluzinationen.

»Haben Sie ihnen das Gegenmittel gegeben?«

»Nein. Ich nahm an, dass sie ihren eigenen Vorrat hätten, falls sie etwas taugten. Und wenn nicht – nun, dann wird sie das lehren, sich nicht auf Stellen zu bewerben, für die sie nicht qualifiziert sind.«

Mein Respekt für die Lady wächst. In dieser Frau steckt mehr, als ich zunächst vermutet habe. Es ist eine Verschwendung, dass sie Politikerin ist. Ich würde sie sofort bei mir einstellen. Mit ein bisschen Training könnte sie ganz groß rauskommen.

»Gibt es noch mehr Tests?«, frage ich trocken.

Ihr Grinsen wird noch breiter. »Wer weiß. Es wäre ja langweilig, wenn ich Ihnen das im Voraus sagen würde. Aber wo Sie jetzt diesen ersten bestanden haben, können wir über die Einzelheiten sprechen. Zum Beispiel Ihre Bezahlung.«

Ich erwidere ihr Lächeln. »Das ist ein gutes Thema.«

»Nicht wahr. Die Zahl in der Anzeige war nur eine allgemeine Richtschnur. Diesen Betrag würde ich Ihnen im ersten Monat bezahlen und danach, wenn ich sehe, was Sie mir wert sind, könnte ich leicht höher gehen, bis zum Doppelten.«

Im Innern führe ich vor Glück einen Freudentanz auf, aber äußerlich bleibe ich ruhig und gelassen. »Das hört sich gut an. Ich habe in meiner Bewerbung erwähnt, dass ich Angestellte habe, die alle über besondere Fähigkeiten verfügen. Eine meiner Mitarbeiterinnen kennt sich zum Beispiel hervorragend mit Giften aus, sowohl was deren Erzeugung wie auch Neutralisierung angeht. Da schon jemand versucht hat, Sie zu vergiften, würde ich vorschlagen, dass diese Mitarbeiterin Sie mit einem Sortiment an Gegenmitteln ausstattet und Sie auch darin berät, welche Maßnahmen Sie bezüglich Ihres Küchenpersonals ergreifen sollten. Sie ist nicht billig, aber die Beste auf ihrem Gebiet.«

»Selbstredend. Wen haben Sie noch im Team?«

»Einen Spezialisten für Zwangsenteignungen, zwei hervorragende Kämpfer, die mich bei Bedarf vertreten könnten oder mir bei größeren Veranstaltungen assistieren würden, wenn *ein* Paar Augen nicht ausreicht. Ich bin auch dabei, eine meiner Angestellten in die besseren Kreise der hiesigen Gesellschaft einzuführen; wenn sie dabei auf Informationen zu Ihnen und Ihrer Stellung stößt, würde ich diese natürlich an Sie weiterleiten.«

»Für einen Preis.«

Ich grinse. »Natürlich. Ich kann dazu keine Einzelheiten preisgeben, aber ich verfüge zusätzlich über ein Spionagenetz, das sich über die ganze Stadt erstreckt. Sollten Sie je in meiner Anwesenheit in Schwierigkeiten geraten, würden meine Spione uns helfen, uns schnell aus dem Gefahrenbereich zu entfernen und in Sicherheit zu bringen.«

»Hört sich so an, als hätten Sie an alles gedacht. Waren Sie in diesem Bereich auch an Ihrem früheren Wohnort tätig?

Ich unterdrücke ein Schnauben. Wenn die wüsste.

»So etwas in der Art.«

Sie gibt sich mit dieser Antwort zufrieden und fragt mich nicht nach weiteren Details. Gut. Wahrscheinlich ist sie sich schon darüber im Klaren, dass ich nicht immer auf ihrer Seite des Gesetzes stehe und gestanden habe.

»Wann können Sie anfangen?«

VIER

Als ich zu Hause ankomme, hat sich meine Familie im Wohnzimmer versammelt. Griffon und Ryker liegen entspannt auf dem einen Sofa, Caitlin auf dem anderen. Lennox ist noch immer nicht von seiner Wolfs-Auszeit zurück. Bis morgen warte ich noch, dann würde ich nach ihm suchen. Oder die Katzen schicken. Das dürfte einfacher sein.

»Wie ist's gelaufen?«, fragt Griffon und macht mir Platz.

Ich setze mich zwischen die Männer, und sofort legt jeder eine Hand auf meine Knie. Stöhn. So nett die Geste gemeint ist, sie vermittelt mir doch das ungute Gefühl, belagert und irgendwie eingeengt zu sein. Ich werde das im Moment so hinnehmen, aber falls sie weitergehen, werde ich mir das verbitten.

»Recht gut. Ich hab den Job bekommen, und es sieht

so aus, als ob sich für uns alle Beschäftigungsmöglichkeiten ergeben werden.«

»Sogar für mich?«, fragt Caitlin.

Ich zucke zusammen. Ich weiß einfach nicht, was ich mit meiner Schwester machen soll. Ich glaube, dass sie momentan stabil ist, jedenfalls solange sie ihre Mittel einnimmt; aber bin ich schon bereit, sie unbeaufsichtigt in die Welt zu entlassen? Noch nicht. Caitlin ist unberechenbar, nicht nur wegen ihrer Vergangenheit, sondern allein schon als meine Schwester. Wir sind alle willensstark und unabhängig. Ehrlich gesagt war ich überrascht, dass Caitlin sich entschieden hat, mit uns zu kommen, statt sich allein auf den Weg zu machen. Klar, es ist schön, sie um mich zu haben und sie besser kennenlernen zu können, aber gleichzeitig fühle ich mich schuldig, weil ich sie im Haus festhalte.

»Das werden wir sehen«, entgegne ich unverbindlich und ärgere mich über mich selbst, als ihr Lächeln schwindet. »Zunächst braucht sie nur mich, plus Bethany, die Lady Lara mit Gegenmitteln zu bekannten Giften versorgen soll, falls es zu einem erneuten Anschlag kommt.«

»Jemand hat versucht, die Bürgermeisterin zu vergiften?«, fragt Griffon scharf. »Ist sie eine Sirene?«

»Ja und nein. Allerdings hat sie ihrerseits versucht, mich zu vergiften«, grinse ich. »Ich mag sie irgendwie. Sie ist viel zäher, als sie aussieht.«

»Das muss sie auch sein, wenn sie in einer von Sirenen dominierten Gesellschaft so hoch aufgestiegen ist. Wie hat sie das geschafft?«

Ich zucke mit den Schultern. »Das finde ich bestimmt noch heraus. Sie sagte, sie hätte die Unterstützung der Bevölkerung und des Stadtrats. Das scheint zu genügen, um ihr gegenwärtig die Macht zu sichern. Allerdings hat es diese beiden Attentatsversuche auf sie gegeben, weshalb sie nach einem Leibwächter sucht. Wobei der Aufgabenbereich sehr viel weiter gefasst zu sein scheint.«

Ich strecke meine Hand aus und schnappe mir eine halb volle Chips-Tüte von Ryker. Er isst nichts davon, also kann man sich bedienen.

»Wie weit?«, fragt mein Katzenwandler.

»Ihr Büro absichern, die Küchen und Vorratsräume nach Giften absuchen, die Angestellten unter die Lupe nehmen, weitere Wachen fürs Rathaus einstellen und vieles mehr. Ich habe auch einen Termin bei Lady Laras Schneider, um die entsprechende Ausstattung zu bekommen.«

»Kleider?«, fragt Griffon. »Bitte lass es richtige Kleider sein.«

Ich stoße ihm den Ellenbogen in die Rippen. »Leider ja. Wenn ich sie zu diesen High Society Veranstaltungen begleite, darf ich nicht auffallen. Sie will nicht, dass ich als Leibwächter erkennbar bin, sondern soll wie eine Freundin oder Assistentin aussehen.« Ich erschauere. »Zum Glück zahlt sie so viel, dass ich mich dafür sogar in ein Kleid quetschen werde.«

Caitlin lacht. »Das muss ich unbedingt sehen. Besonders die Sache mit dem Reinquetschen. Habt ihr gesehen, was für Wespentaillen einige der Frauen hier haben? Na dann viel Spaß dabei.«

Ich werfe ihr einen vernichtenden Blick zu. »Woher weißt du das?«

Sie hat wenigstens so viel Anstand, ein bisschen schuldbewusst auszusehen. »Du hast nicht im Ernst gedacht, dass ich den ganzen Tag hier vor mich hin schimmele. Aber keine Sorge, ich bin immer vorsichtig gewesen. Ich war nur ein paar Mal auf dem Markt, um die Gegend etwas zu erkunden.«

»Ich habe ihr immer ein paar meiner Katzen hinterher geschickt«, fügt Ryker gut gelaunt hinzu.

»Du hast davon gewusst?«, stöhne ich. »Warum macht hier nie jemand, was ich sage.«

Ryker lacht. »Weil keiner von uns sich gern an Regeln hält. Das solltest du doch am besten wissen.«

Ächz. Er hat ja recht. Ich an Caitlins Stelle hätte nicht anders gehandelt und wäre auch weggelaufen. Apropos laufen – ich brauche noch Schuhe für meine neue Stelle. Ich weigere mich absolut, irgendetwas mit Absätzen zu tragen, obwohl ein spitzer Absatz in einem Kampf durchaus nützlich sein könnte... Aber ich muss rennen können, also kommen nur vornehmere flache Schuhe in Frage. Ich werde bei jedem Schritt meine Lederstiefel vermissen, aber das ist der Preis, den ich für diesen Job zahlen muss. Ich hoffe mal, er ist es wert.

»Wann fängst du an?«, will Griffon wissen.

»Morgen. Also, morgen kümmere ich mich erst einmal um die Sicherheitsvorkehrungen im Rathaus und wie man die verbessern kann. Lady Lara hat mir noch nicht gesagt, wann sie Veranstaltungen geplant hat, auf die ich sie begleiten muss.«

»Oh!«, ruft Caitlin aus, und wir schauen sie alle an.

»Ja?«

Sie zieht etwas aus ihrer Hosentasche und reicht es mir über den Tisch.

»Hätte ich fast vergessen. Benjamin hat mich gebeten, Dir das zu geben. Er ist den Rest des Tages außer Haus, wollte aber unbedingt, dass du das siehst.«

»Wo ist er hin?«

»Das hat mit dieser Sache da zu tun. Er hat mir's nicht näher erklärt.«

Ich runzele die Stirn und falte den Zettel auf. Es ist eine Kopie der fünf Symbole, die ich in der Praline gefunden habe, mit vielen Anmerkungen drum herum. Benjamins Handschrift ist winzig und schwer zu lesen. Ich seufze. Wird eine Weile dauern, das zu entziffern.

»Worum geht's hier?«, fragt Ryker.

Ich fasse den Inhalt des mysteriösen Briefs und das Schokoladenrätsel kurz für ihn zusammen.

Er lacht, als ich fertig bin. »Das hört sich doch nach reinstem Vergnügen an. Geschäft des Jahrhunderts. Wenn du willst, kann ich das übernehmen. Du wirst ja jetzt mit deinem neuen Job ausgelastet sein.«

Ich knurre leise. »Denkste. Aber du darfst mir helfen.«

Ryker schnaubt. »Wie großzügig. Griff, bist du dabei?«

»Klar doch«, meint Griffon gedehnt. »Ich hab ja auch nichts Besseres zu tun.«

Und schon habe ich ein Team zusammen. Vielleicht ist es besser so. Ryker hat recht, ich werde bei Lady Lara genug zu tun haben.

Griffon nimmt mir das Papier aus der Hand und sieht es sich genau an. Ich knurre ein bisschen, lasse ihn aber gewähren. Vielleicht ist er tatsächlich besser im Entziffern von Benjamins fürchterlicher Handschrift.

»Interessant«, murmelt er. »Jedes der Symbole steht für einen Ort. Benjamin hat vier von ihnen identifiziert, ist sich aber mit dem fünften nicht sicher. Ich vermute, damit beschäftigt er sich gerade, er versucht, den fünften Ort zu finden.«

»Orte«, fragt Ryker. »Erklär das mal.«

»Sieht so aus, als seien die Symbole ihrerseits Rätsel. Benjamin hat die Bedeutung der Symbole neben sie geschrieben, und daneben dann die Lösung. Das erste bedeutet Wasser, Burg, Flagge. Er hat das so interpretiert, dass damit die große Steinbrücke über den Fluss gemeint ist, deren Wände so aussehen, als gehörten sie zu einer Burg. In der Mitte der Brücke befindet sich ein Turm mit einer Flagge darauf. Ich vermute, dort befindet sich der nächste Hinweis.«

Ich zerbreche mir den Kopf, welche Brücke er meint. Attenburg breitet sich zu beiden Seiten eines Flusses aus, ein gutes Dutzend Brücken verbindet die beiden Stadtteile. Als ich hierher zog, nahm ich zunächst an, dass die reicheren Bewohner auf der einen Seite wohnen würden und die ärmeren auf der andern. Aber zu meiner Überraschung erwies sich das als falsch, beide Bereiche sind durchmischt. Unser Haus liegt auf der

Nordseite, allerdings ziemlich weit vom Fluss entfernt am Stadtrand.

Ich bin bestimmt schon über diese Brücke gelaufen, habe aber keine Flagge bemerkt.

»Dann gibt es da ein Haus in der Nähe des Marktes mit einem Hahn drauf, einen Ort unter Wasser am tiefsten Punkt des Flusses und einen Keller, in dem früher Wein gelagert wurde. Bei dem fünften Symbol stehen lauter Fragezeichen. Mal sehen, was Benjamin erzählt, wenn er zurückkommt.«

»Wir könnten jeder einen Ort übernehmen«, schlägt Caitlin mit verschmitztem Grinsen vor.

Ich weiß genau, was sie vorhat. Sie will ohne Aufsicht aus dem Haus gelassen werden.

Ich seufze. »Wie wär's, wenn du Bethany oder Lily mitnehmen würdest? Ich brauche Beth bis morgen nicht, und ihr würde ein bisschen frische Luft guttun. Sie hat viel zu viel Zeit in ihrem neuen Labor verbracht.«

»Im Badezimmer«, lacht Griffon. »wie sie jedes Mal anmerkt, wenn die Sprache darauf kommt.«

»Gut«, meint Caitlin. »Aber wenn sie zu tun haben oder keine Lust, dann gehe ich alleine. Ich bin kein kleines Kind mehr.«

Nein, ist sie nicht. Sie hat schon viel mehr erlebt als die meisten Erwachsenen, genau wie unsere Schwestern. Aber ich bin die älteste und fühle mich für meine jüngeren Geschwister verantwortlich. Ich hatte noch nie eine Familie und werde mir diese nicht wieder wegnehmen lassen.

»Ich übernehme den Hahn«, sagt Ryker und leckt sich die Lippen. »Ich habe Hunger«.

Griffon lacht. »Du weißt schon, dass es sich wahrscheinlich um eine Schnitzerei oder ein Gemälde handelt.«

Ryker zuckt mit den Schultern. »Man darf ja mal hoffen.«

»Da keine von euch Katzen die Unterwasserstelle wählen wird, übernehme ich die«, meldet sich Griffon freiwillig, zu meiner großen Freude. Ich hatte das schon für ihn vorgesehen, aber es ist besser, wenn er es für seine eigene Idee hält.

»Bleiben die Brücke und der Keller«, fasse ich zusammen. »Caitlin, was nimmst du?«

»Die Brücke. Bin kein Freund von Kellern.« Sie lächelt tapfer.

»Also gut. Ich habe keine Ahnung, wonach wir suchen, deshalb achtet auf alles, was irgendwie sonderbar aussieht. Weitere seltsame Symbole, versteckte Botschaften, Graffiti, all so was.«

Mir scheint das ganze Unternehmen immer mehr wie die Suche nach der Nadel im Heuhaufen, aber da wir momentan nichts Besseres zu tun haben – warum nicht.

Ich werfe einen letzten Blick auf Benjamins Anmerkungen und stehe dann vom Sofa auf.

»Wir haben noch ein paar Stunden Tageslicht. Falls ihr die nutzen wollt, um eure Rätselorte näher anzuschauen, würde ich vorschlagen, dass ihr gleich losgeht.«

»Ich sorge noch für ein bisschen Proviant«, bietet Caitlin an.

Griffon lacht. »Wir gehen doch auf keine Expeditionsreise. Ein kurzer Blick auf die Orte, dann kommen wir wieder zurück.«

Caitlins Lächeln schwindet, deshalb greife ich ein; ich will ihr die Freude nicht verderben.

»Gut, mach uns was Kleines zum Mitnehmen. Ich hab sowieso Hunger, weil anscheinend heute keiner Lust hatte, zu kochen.«

Ich werfe den Männern dabei einen bösen Blick zu, und sie haben zumindest so viel Anstand, schuldbewusst auszusehen. Wir haben uns noch nicht auf einen Küchendienst geeinigt. Da kaum jemand zur selben Zeit wie die anderen im Haus ist, wird es nicht leicht sein, jedem wenigstens eine warme Mahlzeit am Tag zu verschaffen. Bethany und Benjamin macht das nichts aus, sie ernähren sich sowieso nur von Snacks und Fertigfutter. Aber wir anderen brauchen richtiges Essen, damit wir gesund bleiben. So ein Killer braucht erstaunliche Mengen an Vitaminen. Und Katzenminze natürlich. Das ist zweifellos mein Lieblingsgemüse.

Während Caitlin in der Küche verschwindet, gehe ich ins Büro um nachzusehen, ob weitere mysteriöse Briefe eingetroffen sind. Nichts. Ich streichele den Schreibtisch im Vorübergehen – ein Versprechen, mich irgendwann daran zu setzen und den Schreibkram zu erledigen – und gehe ins Schlafzimmer, um mich umzuziehen. Ich habe noch meine hübschesten Stücke an, nicht gerade das richtige Outfit, um in dunklen, dreckigen Kellern herumzukriechen. Ich ziehe meine Beinahe-Killer-Klamotten an; schwarz und widerstandsfähig, aber nicht meinen Lieblings-Overall. Der würde bei Tage zu viel Aufmerksamkeit erregen. Nachts hilft er mir, beinahe unsichtbar zu werden, aber bis zum Einbruch der Dunkelheit will ich nicht warten.

Es ist Zeit, ein Geheimnis zu lüften – und hoffentlich dabei noch reich zu werden.

FÜNF

Benjamins Angaben sind ziemlich vage, aber ich erreiche die Gewerbezone nach nur geringfügigen Abweichungen und Irrwegen. Ich war bisher nur einmal hier; weil es nicht viel zu sehen oder zu tun gibt. Werkstätten und kleine Geschäfte sind an der Straße aufgereiht, dahinter liegen alte Lagerhallen. Hier arbeiten alle möglichen Handwerker, stellen ihre Produkte in der häuslichen Atmosphäre ihrer eigenen Werkstätten her und verkaufen sie dann auf dem Markt oder schicken sie in andere Städte.

Es sind nicht viele Leute auf den Straßen, ich komme also schnell voran, auch ohne auf die Dächer auszuweichen.

Benjamin hat den Standort des Kellers auf die Gerberstraße eingegrenzt. Ich muss eine Weile nach ihr suchen. Ein Stadtplan hätte mir gute Dienste geleistet, aber an den habe ich nicht gedacht. Ich bin es nicht gewöhnt, an unbekannten Orten zu sein. In unserem früheren Zuhause hätte ich jeden ausgelacht, der vorgeschlagen hätte, einen Stadtplan zu benutzen. Nun ja, bald werde ich auch Attenburg wie meine Westentasche kennen.

Die Gerberstraße liegt direkt gegenüber der Gergasse und an der Ecke zum Gerberplatz. Mist. Ob Benjamin sich vergewissert hat, dass es wirklich die Straße war? Wenn ich Pech habe, muss ich an allen drei Gerber-Orten die Keller durchforsten. Das würde ewig dauern.

Der einzige zusätzliche Hinweis ist, dass dort früher Wein gelagert wurde. Vielleicht stoße ich auf eine ehemalige Weinkellerei, aber das wäre wohl zu einfach.

Ich seufze. Um Zeit zu sparen, werde ich mit Leuten sprechen müssen. Mit Menschen. Das vermeide ich normalerweise. Ich habe mein Maß an Sozialkontakten heute schon ausgeschöpft, war schließlich über eine Stunde mit Lady Lara zusammen. Aber mir fällt keine bessere Lösung ein.

Ächz.

Ich gehe auf eine alte Dame zu, die auf einer Holzbank vor einem Laden sitzt. Sie strickt, hat aber die Augen geschlossen und genießt die Sonne. Fast wie eine Katze. Am liebsten würde ich mich wandeln und es dann genauso machen, mich einfach hier hinlegen und die Wärme der Sonnenstrahlen aufsaugen; aber das würde nicht nur Augenbrauen nach oben schnellen lassen. Sondern auch Mistgabeln und Messer.

»Verzeihung«, spreche ich sie an, so nett ich kann. »Wissen Sie, ob es hier in der Gegend früher mal eine Weinkellerei gab? Oder eine Weinhandlung?«

Sie hält die Augen geschlossen, aber ein Lächeln huscht über ihr faltiges Gesicht.

»Sie sind die Zweite, die mich das heute fragt. Sind Sie im Weinhandel tätig?«

»Nein, das interessiert mich nur rein persönlich.«

»Dann tut es mir leid, Sie enttäuschen zu müssen. Ich wohne hier schon seit achtzig Jahren, aber in der ganzen Zeit gab's in dieser Gegend noch nie etwas, das mit Wein zu tun hat. Die Leute hier trinken lieber Bier und Whisky, keinen Wein.« Sie lacht. »Wenn Sie Wein haben wollen, müssen Sie in andere Stadtteile gehen. Das einzige, was die Bewohner hier aus Trauben machen, ist Essig.«

Essig. Aus Trauben hergestellt. Könnte es das sein?

Ich wünschte, ich könnte die Symbole selbst lesen. Keine Ahnung, wie genau sie in ihrer Bedeutung sind. Vielleicht ging es gar nicht um Wein, sondern Trauben, und Wein war nur Benjamins Schlussfolgerung. Egal, dies ist bisher die einzig verfügbare Spur.

»Können Sie mir sagen, wo die Essigfässer gelagert wurden?«, frage ich die Frau. »Gibt es hier irgendwo einen Keller dafür?«

»Ich glaube, es gab einen am Gerberplatz«, meint sie nachdenklich. »Wenn Sie hier die Straße runtergehen, kommen Sie auf der rechten Seite an einem verfallenen Gebäude vorbei. Zwei oder drei Häuser weiter war die alte Destille. Ich weiß aber nicht, wie viel von ihr noch übrig ist.«

»Ich werde mich mal umsehen. Danke«.

Ich wende mich zum Gehen, aber dann fällt mir noch etwas ein.

»Die andere Person, die sich danach erkundigt hat. Wie sah die aus?«

Die alte Frau kichert. »Oh je, wie soll ich das wissen?«

Sie öffnet zum ersten Mal ihre Augen und zeigt mir ihre milchigen Linsen. Sie ist blind.

»Tut mir leid«, murmele ich.

»Es war ein Mann, so viel ist sicher. Und er hat gelispelt. Ganz sicher einer vom Ort. Aber mehr kann ich dazu nicht sagen.«

»Danke, Sie haben mir sehr geholfen.«

Ihr Lächeln wird breiter. »Es freut mich, dass ich gelegentlich noch zu etwas nütze sein kann. Bevor Sie gehen – ich glaube, ich rieche Katzen. Ist eine in der Nähe? Ich streichele so gerne Katzen.«

Huch! Wahrscheinlich riecht sie mich. Gut, das ist ein Wunsch, den ich ihr leicht erfüllen kann. Ich stoße eine Pfeifton aus, der zu hoch ist für menschliche Ohren, aber von jeder Katze in der näheren Umgebung gehört werden wird.

Es dauert nur ein paar Sekunden, bis ein nachtschwarzer Kater erscheint. Er gehört zu Rykers Truppe. Seinen Namen kenne ich nicht, aber ich erkenne ihn an seinen drei weißen Pfoten.

Er sieht mich neugierig an. Ich deute mit einer Kopfbewegung auf die alte Frau und schicke ihm eine mentale Botschaft. Er schnurrt und springt auf die Bank, schmiegt sich an ihr Bein.

»Oh, Sie haben die Katze gefunden!«, ruft sie und streckt ihre Hand nach dem Kopf des Katers aus. Er schnurrt noch lauter und schließt die Augen, genießt sowohl die Aufmerksamkeit wie auch die Sonne.

Glückspilz.

Ich gehe weiter zum Gerberplatz, an dem verfallenen Haus vorbei, genau, wie die alte Frau es beschrieben hat. Die Straße ist ruhig, fast zu ruhig. Die meisten Gebäude hier sind baufällig und werden anscheinend nicht mehr genutzt. Der richtige Ort für dunkle Geschäfte.

Es ist nicht schwer, das fragliche Haus zu finden; das verblichene Schild mit den Weintrauben ist eindeutig. Merkwürdig nur, dass diese Traube von drei Knochen umrahmt wird, die ein Dreieck bilden. Steht das für ‚Essig, stark wie der Tod‘? Oder wurden Knochen als besondere Zutat bei der Herstellung verwendet? Wer weiß.

Ich lasse meine Katzensinne ihre Arbeit tun. Das Gebäude ist verlassen, keiner ist in den vergangenen Tagen hier gewesen. Der Typ, der ebenfalls nach dem Keller gesucht hat, kann diesen Ort also nicht gefunden haben. Vielleicht hat ihm die alte Frau nicht von der Essig-Destille erzählt. Oder er hat nicht zugehört. Wie die meisten Männer.

Ich vergewissere mich, dass ich unbeobachtet bin und versuche dann, die Tür zu öffnen. Sie ist nicht abgeschlossen. Das ist entweder ein außerordentlicher Glücksfall oder jemand macht mir die Sache leicht. Zu leicht.

Alle Sinne aufs Äußerste gespannt, gehe ich in das Haus hinein. Staub bedeckt den Fußboden. Es sind noch ein paar Fußabdrücke zu erkennen, aber die wurden vor Monaten getreten, der neuen Staubschicht nach zu urteilen, die sich seither in ihnen gebildet hat und sie fast vollständig verdeckt. Der Raum ist fast leer, mit Ausnahme von ein paar Holzmöbeln, die in einer Ecke aufeinander gestapelt sind. Als hätte jemand vorgehabt, sie an einen anderen Ort zu bringen und hat sie dann dort vergessen.

Auf der gegenüberliegenden Seite des Raumes sind zwei Türen. Eine steht offen und führt zu einer Treppe, die andere ist geschlossen. Ich gehe zu letzterer hinüber, und versuche, dabei so leicht wie möglich aufzutreten. Kann aber trotzdem nicht verhindern, dass ich Fußabdrücke hinterlasse.

Die Tür ist abgeschlossen, kann aber meinen bewährten Dietrichen nicht standhalten. Sie öffnet sich ächzend; die Scharniere wurden mit Sicherheit in den letzten zwanzig Jahren nicht geschmiert. Wie erhofft, führt eine enge Treppe hinunter in einen Keller. Bingo.

Die Luft dort unten ist stickig, als wäre aller Sauerstoff entzogen worden. Der scharfe Geruch von Essig kitzelt mich in der Nase und brennt im Hals. Kein Ort für meine überempfindlichen Sinne. Manchmal wäre es schön, ein reiner Mensch zu sein und durchs Leben zu gehen, ohne zu wissen, wie intensiv die Welt sich anfühlen kann.

Wie der erste Raum oben ist auch der Keller fast leer. Zwei Regalbretter ziehen sich jeweils an den Seiten links und rechts von mir entlang. Sie sind so alt, dass ich es nicht wagen würde, tatsächlich etwas darauf zu stellen. Ein winziges Fenster oberhalb eines der Regale lässt ein wenig Licht herein, gerade genug, um etwas zu erkennen.

Ein einzelnes Fass steht in der Mitte des Raumes. Seltsam. Wieder habe ich dieses ungute Gefühl. Das wäre zu einfach. Es muss da einen Haken geben. Oder etwas anderes, das die Sache erschwert oder gefährlich macht.

Falls das wirklich schon alles ist, bin ich schwer enttäuscht über Attenburgs Unterwelt.

Ich umkreise das Fass und passe dabei auf, nicht auf Stolperdrähte oder andere Hindernisse zu stoßen. Nichts. Wie langweilig. Es ist schon so lange her, dass ich mit einer tödlichen Falle konfrontiert wurde. Früher bei der Meute hat man uns auf solche Hindernisrennen geschickt, bei denen viele von uns ernsthaft verletzt oder sogar getötet wurden. In dieser Hinsicht verdanke ich der Meute ein gutes Training, auch wenn ich sie sonst abgrundtief hasse.

Sobald ich einigermaßen sicher bin, dass es hier keine Fallen gibt, werfe ich ein Messer auf den Deckel des Fasses. Der Deckel bricht in viele Holzteile auseinander. Das war eigentlich nicht meine Absicht, eher eine Folge des Alters. Vorsichtig nähere ich mich dem Fass und werfe einen Blick hinein. Auf dem Grund des Fasses befindet sich ein Briefumschlag. Seine weiße Farbe sticht von der dreckigen Umgebung deutlich ab. Ich fasse hinein und nehme ihn an mich.

Wie langweilig. Wieso gibt es nie Fallen, wenn ich damit rechne?

Aus alter Gewohnheit schnüffele ich zunächst an dem Umschlag. Und muss grinsen. Diese Attenburger - falls man die hiesigen Bewohner so nennen kann - haben es anscheinend mit Giften.

Falls ich nicht völlig danebenliege, handelt es sich hier um den *Kuss des Herrn*, ein tödliches Gift, das Aristokraten bevorzugen. Es wirkt schnell, schmerzlos und ist schwer zu entdecken, wenn man es Essen oder Getränken beimischt. In einem Briefumschlag ist der typische Geruch von verfaulenden Rosenblättern allerdings leicht zu entdecken.

Ich schiebe den Umschlag in einen verschließbaren Beutel, um zu verhindern, dass er die anderen Dinge in meinen Taschen beeinträchtigen kann. Zeit, nach Hause zu gehen und zu erkunden, was ich da gefunden habe – nach Entfernen des Giftes. Heute ist für mich noch kein Tag zum Sterben.

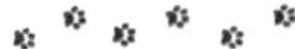

Ich scheine die erste zu sein, die zurück ist, also gehe ich direkt in Bethanys Badezimmer-Labor und bereite den Umschlag vor. Der *Kuss des Herrn* wird nur durch Kontakt mit Wasser aktiviert, weshalb man es am wirkungsvollsten in Getränke mischt. Aber selbst wenn nur ein paar Körnchen davon in meinem Mund landeten und sich mit Speichel vermischten, würde ich tagelang krank sein.

Ich atme langsamer und presse die Lippen aufeinander, während ich alles Gift aus dem Umschlag schütte. Statt es wegzuwerfen, kippe ich es in eine kleine Schachtel. Wäre ja blöd, eine so teure Substanz einfach wegzuwerfen. Ich werde sie vielleicht in Zukunft noch brauchen können und wenn nicht ich, dann wohl einer der anderen Angestellten von M.I.A.U.

Ich säubere den Umschlag und den Brief darin mit

einer Essiglösung – sehr angemessen! – bis ich sicher bin, dass alles Gift entfernt ist.

Endlich kann ich den geheimnisvollen Brief lesen. Es hat schließlich lange genug gedauert, nur den Umschlag ausfindig zu machen. Hoffentlich wird sich die Mühe lohnen.

SECHS

Benjamin ist im Wohnzimmer und scheint über irgendetwas zu brüten. Zwei junge Katzen sitzen ihm zu beiden Seiten – gut, eine von ihnen sitzt nicht, sondern liegt neben ihm auf dem Rücken und schnarcht leise.

»Hast du nicht gefunden, was du gesucht hast?«, frage ich ihn.

Er schaut nicht auf, sondern starrt weiter auf das Buch in seinen Händen. Es ist ein schmaler, in Leder gebundener Band, den ich bestimmt noch nie zuvor gesehen habe. Er muss ihn gefunden oder gekauft haben.

»Was ist das für ein Buch?«

Schweigen.

Ich seufze. »Hat's dir die Sprache verschlagen?«

Endlich sieht er auf und starrt mich an. Er öffnet den Mund.

Igitt. Ich atme hörbar ein. Seine Mundhöhle ist leuchtend grün und die Zunge auf das Doppelte ihrer normalen Größe angeschwollen. Kein Wunder, dass er nicht spricht.

»Was zum Teufel ist passiert?«

Er zeigt auf das Buch.

»Eine Falle?«

Er nickt.

»Autsch. Tut es weh?«

Ich bin erleichtert, als er den Kopf schüttelt. Ich glaube nicht, dass mir schon einmal ein Gift mit dieser Wirkung untergekommen ist. Vielleicht weiß Bethany mehr darüber. Hoffentlich kommt sie bald zurück. Benjamin scheint keine weiteren Symptome zu haben, aber ich will nicht, dass er ernsthaft krank wird. Oder dazu verflucht ist, den Rest seines Lebens mit einer riesigen grünen Zunge herumzulaufen.

»Ich nehme an, du hast das Buch an der Stelle gefunden, zu der dich das Symbol geführt hat?«

Benjamin nickt und reicht es mir. Das Buch ist schwerer als es aussieht. Die Seiten sind dick, was auch bedeutet, dass es nicht viele davon enthält. Ein kurzes Lesevergnügen – wenn die Seiten nicht leer wären.

Ich seufze. »Warum können die Dinge nicht mal einfach sein? Hast du schon Gänse-Essenz ausprobiert?«

Er schüttelt den Kopf und zeigt auf seinen Mund.

»Oh ja, du hattest andere Dinge im Kopf. Ich geh mal schnell ins Labor und hole welche. Wenn das unsichtbare Tinte ist, werden wir es bald herausfinden.«

Es gibt verschiedene Möglichkeiten, Schrift unsichtbar zu machen. Aber die am meisten verwendete

Methode kann durch Gänse-Essenz sichtbar gemacht werden. Soweit ich weiß, hat die mit Gänsen nichts zu tun. Keine Ahnung, wie sie zu dem Namen gekommen ist, aber ist mir auch egal. Solange sie wirkt, könnte sie von mir aus auch aus Katzen-Eierstöcken hergestellt sein. Oder doch lieber nicht.

Als ich mit einem Fläschchen Gänse-Essenz zurück ins Wohnzimmer komme, betrachtet Benjamin gerade in einem Handspiegel aus allen Richtungen seine überdimensionierte Zunge und zieht dabei Grimassen.

»Hhhhrmmph.«

»Kann dich leider nicht verstehen.«

Er verdreht die Augen.

»Offffff hffffffff.«

»Nö, immer noch nicht. Du solltest am besten nicht sprechen. Das ist besser für deine Gesundheit und du machst dich nicht vollends lächerlich.«

Er starrt mich böse an, macht aber keine weiteren Sprechversuche.

»Kätzchen, könntet ihr Bethany holen? Griffon bitte auch. Ihr müsst nur eine Weile vor ihnen miauen, dann verstehen sie euch schon.«

Sie sehen mich verärgert an, springen dann aber gehorsam vom Sofa und laufen aus dem Zimmer. Ryker hat sie gut im Griff. Sie wissen genau, dass sie hier ein sicheres Zuhause haben mit so viel Futter, wie sie brauchen, dass sie dafür aber auch mitarbeiten müssen. Verglichen mit dem, was ich in meinen Jugendjahren tun musste, wohnen sie praktisch in einem Fünf-Sterne-Hotel. Katzenminze inbegriffen.

Ich lege Benjamins Buch auf den niedrigen Tisch vor uns und trage mit einem Pinsel etwas von der Gänse-Essenz auf die erste Seite auf. Der Erfolg ist beinahe sofort sichtbar.

Auf der vorher weißen Seite erscheint blaue Tinte. Eine klare, wunderschöne Handschrift; ganz das Gegenteil von dem Gekrakel, das uns Benjamin vorhin hinterlassen hat.

Es gibt nur ein Problem: Der Text ist in einer anderen Sprache geschrieben.

»Kannst du dir vorstellen, was das bedeuten soll?«, frage ich Benjamin.

»Hhhhhhhrrrrmmmmpph.«

»Schon gut, dein Kopfschütteln war ausreichend. Nicht reden. Du kannst Gänse-Essenz auf die anderen Seiten auftragen. Vielleicht sind sie nicht alle in derselben Sprache verfasst. Ich sehe mir mal den Brief an, den ich gefunden habe.«

Ich bin zwar sicher, dass ich alle Spuren des Giftes entfernt habe, halte aber lieber den Atem an, als ich das Schreiben auseinander falte, für alle Fälle. Im Labor habe ich schon einen kurzen Blick darauf geworfen, aber nur um festzustellen, dass überhaupt etwas darauf geschrieben steht. Ich wollte die Spannung noch etwas steigen lassen.

Herzlichen Glückwunsch. Du hast mich gefunden. Ich bin eines von fünf Puzzle-Teilen. Wenn du mich mit meinen Freunden zusammenfügst, wirst du wissen, wo du als nächstes hingehen musst. Als Belohnung dafür, dass du

so weit gekommen bist und dabei nicht
gestorben bist, nimm dieses Zeichen unserer
Anerkennung.

Ein sechsstelliger Code ist unter den maschingeschriebenen Text gezeichnet.

»Interessant«, murmele ich. »Anscheinend haben wir jetzt zwei Puzzle-Teile, auch wenn ich nicht weiß, wo dabei das Puzzle ist. Dies ist doch nur ein Brief, oder? Und eine Zahl, mit der wir erst einmal nichts anfangen können.«

»Hhhhhhhnnmmmmmrr.«

Benjamin will den Brief von mir haben. Ich reiche ihn ihm, und er pinselt etwas von der Gänse-Essenz darauf. Aha. Guter Gedanke.

»Aaaaahhhffm!«

Unter dem geschriebenen Text erscheint ein Bild. Nein, eine Landkarte. Na, das ist mal was Praktisches!

»Gut gemacht!«. Ich nehme ihm den Brief wieder aus der Hand. »Das ist ein Plan von Attenburg. Nicht von der ganzen Stadt, nur dem Teil südlich des Atten Flusses. Und da sind zwei Orte markiert. Der eine liegt nicht weit von hier.«

Ich drehe meine Ohren in Richtung eines Geräuschs in einiger Entfernung – bevor mir klar wird, dass ich ja Menschengestalt habe und nicht wie ein Panther meine Ohren drehen kann. Egal. Ich drehe sie also nur im übertragenen Sinn. Es ist Griffon, der da kommt, begleitet von zwei Katzen.

»Griffon kommt«, verkünde ich Benjamin. Das arme Menschlein. Ist zu einem Dasein mit unterentwickelten Sinneseindrücken verdammt. »Er kann sich mal deine Zunge anschauen. Ist doch ganz praktisch, einen Beinahe-Arzt in der Familie zu haben, nicht?«

Benjamin nickt schwach. Wenn mich nicht alles täuscht, werden jetzt auch seine Lippen allmählich grün. Das ist ein schlechtes Zeichen. Hoffen wir mal, dass Bethany bald zurückkommt. Ich weiß zwar einiges über Gifte, aber sie ist die eigentliche Expertin. Bei ihr ist es wie ein siebter Sinn, der sie manchmal das Rezept zu einem Gegenmittel finden lässt, ohne dass sie je etwas darüber gelesen hat. Man könnte meinen, es gäbe eine Kräuterhexe unter ihren Vorfahren – aber Hexen gibt's ja nicht.

»Wir sind im Wohnzimmer!«, rufe ich, sobald Griffon das Haus betritt.

Er kommt atemlos ins Zimmer gestürzt. »Was ist passiert? Bist du verletzt? Die Kätzchen haben darauf bestanden, dass ich sofort mitkomme, deshalb...«

Ich deute wortlos auf Benjamin, der den Mund geöffnet hat und seine grüne Zunge zeigt.

»Oh«, seufzt Griffon, offensichtlich erleichtert, dass nicht ich seine Hilfe brauche. »Das sieht ... interessant aus«.

Benjamin wirft ihm einen vernichtenden Blick zu.

»Irgendein Gift«, erkläre ich ihm. »Der Brief, den ich gefunden habe, war voller ‚Kuss des Herrn', aber ich weiß nicht, welche Substanz bei Benjamins Teil verwendet wurde. Bethany ist noch nicht zurückgekommen, aber ich habe die Katzen ausgeschickt, sie zu holen.«

Griffon nickt und kniet vor Benjamin, damit er ihn genauer untersuchen kann.

»Sag mal Ahhh«.

Wieder trifft ihn ein Blick, der töten könnte, aber Benjamin öffnet den Mund und gurgelt irgendetwas, das sich wie *Ahhh* anhört.

»Kat, hol mir mal bitte meine Medi-Ausstattung. Ich brauche einige meiner Instrumente, um das hier zu beheben.«

Benjamins Augen weiten sich. Wahrscheinlich denkt er gerade an Skalpelle und Spritzen, wie ich. Armer Kerl.

Ich hole seine Arztausrüstung aus Griffons Zimmer und schaue kurz in der Küche vorbei, um mich dort mit ein paar Bissen zu versorgen. Benjamin kann in seinem derzeitigen Zustand sicher nichts essen, aber ich habe Hunger. Werde versuchen, ihn nicht allzu neidisch zu machen.

Als ich ins Wohnzimmer zurückkomme, kann ich bei dem Anblick ein Lachen kaum unterdrücken: Benjamin liegt auf dem Sofa, während Griffon auf seinen Hüften sitzt, als hätten die beiden gerade heißen Sex. Griffon sieht mich an und verdreht die Augen.

»Ist nicht, was du denkst«.

»Ich denke gar nichts. Aber vielleicht könntest du Benjamin erst heilen, bevor du deinen homoerotischen Neigungen nachgehst.«

Er lässt seine Augenbrauen auf und nieder fahren. »Das sind mehr als nur Neigungen.«

»Oh?! Das musst du mir genauer erklären.«

Er grinst und wendet sich wieder dem armen

Benjamin zu, der immer noch mit geöffnetem Mund daliegt. Ich beneide Zahnärzte kein bisschen. Jede Wette, dass die manchmal ausgesprochen fürchterliche Dinge zu sehen bekommen.

»Skalpell«, sagt er in bester Arztmanier, woraufhin Benjamin kreischt und sich voller Angst aufbäumt.

Griffon kann sich kaum halten vor Lachen. »Also gut, fangen wir erst mal mit dem Spatel an. Und Handschuhen. Ich will wirklich nicht mit dieser Monsterzunge in Berührung kommen.«

»Hrrrrrrrmph.«

Ich reiche ihm das Gewünschte und bin froh, dass ich das nicht tun muss. Ich bin nicht gerade zart besaitet – ich foltere gelegentlich als Teil meines Lebensunterhalts – aber der Anblick von Benjamins grünem Rachen bleibt nicht ohne Wirkung auf meine Magengrube. Ich hatte Glück, dass ich den ‚Kuss des Herrn‘ rechtzeitig erkannt habe, sonst würde ich jetzt dort liegen, wahrscheinlich sogar in schlimmerem Zustand.

Ich höre von draußen Schritte, die Bethany, Caitlin und Lily ankündigen. Ein guter Grund, den Raum zu verlassen und die gerade gesehenen Bilder von meiner Netzhaut zu vertreiben. Weniger die Sache mit der Zunge. Eher das Bild von Griffon rittlings auf Benjamin sitzend. Das macht mich auf seltsame Weise an, zumindest, wenn ich mir eine andere Person an Benjamins Stelle vorstelle. Denn an Benjamin selbst finde ich nichts aufregend, er ist ein magerer Jüngling.

»Hallo Schatz, bin wieder da!«, ruft Lily, kaum dass

sie zur Tür rein ist. »Schätze. Ist das die richtige Pluralform? Vielleicht sollte ich einfach Lieblinge sagen.«

Ich verdrehe die Augen. Sie ist offensichtlich im Succuben-Modus – da findet sie alles und jeden einfach umwerfend.

»Ich hab Bethany und Caitlin auf dem Weg getroffen«, plappert sie wie im Zeitraffer weiter. »Sie waren ein bisschen in Eile, deshalb bin ich lieber mit ihnen gegangen, als einen meiner Freunde zu besuchen. Wollte ihn als Vorspeise vernaschen, hab dir von ihm erzählt, der mit den strammen Oberschenkeln und dem langen...«

»Halt die Klappe«, grummelt Bethany. »Wenn ich dich so höre, bin ich richtig froh, allein zu leben. Kat, was ist los? Warum sollte ich zurückkommen?«

»Benjamin hatte einen Giftunfall. Griffon ist bei ihm, aber ich meine, du solltest dir das ansehen.«

»Der Siron will eine Vergiftung bekämpfen? Dass ich nicht lache!«

Sie stürmt ins Wohnzimmer, gefolgt von Caitlin, während Lily und ich zurückbleiben. Wir sehen uns an und brechen dann in Gelächter aus.

»Sie ist so süß«, murmelt Lily mit leisem Stöhnen. »Ich frag mich, ob sie...«

»Nein. Keine Techtelmechtel zwischen M.I.A.U. Mitarbeitern. Du kennst die Regeln.«

»Puh. Trifft das auch auf Benjamin und Bethany zu? Wenn du spüren könntest, wie sehr sich die beiden zueinander hingezogen fühlen...«

Die Beiden? Ich schnüffele, kann aber keine Spur von Erregtheit feststellen. Hoffentlich will mich Lily nur ein wenig zum Narren halten. Die beiden Bs – ich kann sie mir nicht als Paar vorstellen. Benjamin ist nicht alt genug und Bethany viel zu egozentrisch und mental instabil. Es grenzte an ein Wunder, wenn sie eine dauerhafte Beziehung eingehen würde. Und an die glaube ich sowieso nicht.

»Beth hat mir von dieser merkwürdigen Schatzsuche erzählt, auf der ihr offensichtlich seid. Typisch. Sobald ich aus dem Haus bin, brecht ihr zu einem Abenteuer auf. Habt ihr den Schatz schon gefunden?«

Ich schüttele den Kopf. »Nur weitere Puzzleteile. Wir warten noch auf Rykers Rückkehr, dann können wir zusammenstellen, was wir gefunden haben. Falls Bethany überhaupt Gelegenheit hatte, ihren Ort zu finden, bevor die Katzen sie zurückgeholt haben.«

»Doch, hat sie, sie hat's mir erzählt. Caitlin ist auf den Turm auf der Brücke gestiegen, und die Leute dachten schon, sie würde springen. Das hat wohl für einige Aufregung gesorgt.«

Ich zucke innerlich zusammen. Genau das wollte ich nicht. Wir wollen keine Aufmerksamkeit, für keinen von uns, besonders nicht für Caitlin. Ich hätte ihr sagen müssen, sie soll zu Hause bleiben.

»Ich weiß genau, was du denkst«, sagt Lily und wedelt mit dem Zeigefinger vor meiner Nase herum. »Aber du musst ihr gewisse Freiheiten lassen. Wenn sie die ganze Zeit im Haus eingesperrt ist, macht das die Sache nicht besser. Sie muss Raum zum Atmen haben, dafür, sich selbst zu finden. Sie musste ihr Leben lang nur Befehle befolgen; sie weiß wahrscheinlich überhaupt nicht, wer sie eigentlich ist. Und die Antworten darauf wird sie nicht hier im Haus finden.«

»Sie wird sie noch weniger finden, wenn sie festgesetzt wird, weil man denkt, sie will Selbstmord begehen«, gebe ich zurück. »Außerdem ist sie meine Schwester. Es ist meine Pflicht, sie zu beschützen.«

»Zwischen Beschützen und Erdrücken gibt's einen Unterschied. Im Moment hast du eher die Tendenz zu letzterem.«

Ich verziehe das Gesicht. »Klar, ich bin schließlich ein Killer. Ich bin gut im Erdrücken. Bis zum Tod.«

Lily lacht. »Lass sie das bloß nicht hören.«

»Hab ich schon!«, ruft Caitlin aus dem Wohnzimmer.

Mist, ich habe wieder vergessen, dass sie dieselben perfekt entwickelten Sinne hat wie ich. Man kann nur schlecht über Geheimnisse sprechen, wenn die Hälfte der Bewohner dieses Hauses alles mitbekommen, was in diesen vier Wänden vor sich geht.

Auf ihre Worte folgt ein angstvoller Aufschrei. Benjamin. Scheiße.

»Vollständig geheilt«, verkündet Bethany mit stolzem Grinsen. »Das war leichter als gedacht.«

Ich starre Benjamin an. Normalerweise habe ich keine Angst um andere Leute. Ich habe sie zu dicht an mich herangelassen. Bin zu sehr zum Menschen geworden. Das muss sich ändern.

»Was war die Ursache?«, frage ich Bethany und nehme bewusst keine Notiz von unserem Dieb.

»Eine Mischung verschiedener Gifte. Ich habe ihm den Mund mit Essig ausgespült und dann...«

»Wart mal, mit Essig?«, unterbreche ich sie. »Das ist ein merkwürdiger Zufall.«

»Wieso?«

Ich erkläre ihr die Verbindung.

»Vielleicht sind die fünf Puzzleteile miteinander verbunden«, meint Bethany nachdenklich. »Vielleicht enthalten sie jeweils ein Gift und ein Gegenmittel. Das werde ich mir später genauer ansehen. Jetzt muss ich mir erst einmal die Hände waschen. Ich will nicht voller grüner Spucke rumlaufen.«

Verständlich, das würde ich auch nicht wollen.

Griffon folgt ihr, um seine Ausrüstung zu reinigen, die er anscheinend nicht weiter gebraucht hat. Bethany war für die Heilung allein zuständig. So gut sie auch im Vergiften ist, ich glaube beinahe, dass ihr das Gegenteil fast noch mehr liegt.

Offensichtlich ändern wir uns alle gerade. Ich werde vom Killer zum Leibwächter. Bethany von einer meisterlichen Giftmischerin zur Heilerin. Wenn ich nicht aufpasse, enden wir noch als eine Gruppe von Gutmenschen, die die Unschuldigen schützen und ein Krankenhaus für Arme betreiben.

Ohne mich. Auf keinen Fall.

Sieben

Bis wir uns alle im Wohnzimmer versammelt haben, ist es schon Nacht geworden. Lily hat uns ein paar Brote gemacht, die wir in Rekordgeschwindigkeit und offensichtlich mit Wolfshunger hinuntergeschlungen haben. Was mich an unseren Wolf erinnert. Lennox ist noch immer nicht wieder aufgetaucht. Seine Abwesenheit hinterlässt in meiner Magengegend ein merkwürdig leeres Gefühl. Das ich nicht richtig einordnen kann.

Alle haben die von mir entdeckte Landkarte studiert und das von Benjamin gefundene Buch angesehen. Leider kennt auch keiner der anderen die dort verwendete Sprache. Griffon hat einen weiteren Brief mitgebracht, Ryker ein kleines Medaillon und Caitlin eine kleine Holzschachtel, die wie ein winziger Sarg aussieht und so lang ist wie ein Stift.

Wir haben unsere Funde in der Mitte des Raums

ausgebreitet. Was für eine seltsame Mischung an Dingen. Wer auch immer dahinter steckt, hat alle Anstrengungen unternommen, dass nur Leute mit besonderen Fähigkeiten und Kenntnissen sie aufspüren können. Wer sich nicht mit Giften auskennt, wäre zum jetzigen Zeitpunkt schon tot. Ich wüsste gern, an wie viele Leute dieser Brief geschickt worden ist.

Mir wird klar, dass die anderen jetzt Führung von mir erwarten. Vielleicht befinden sie sich aber auch nur im Essens-Koma, das erfahrungsgemäß nach einer Mahlzeit einsetzt und die Hirnfunktionen lahm legt. Egal, ich nehme das Medaillon und sehe es mir genau an. Es ist aus billigem Metall gefertigt, trägt keine Inschrift oder sonstige Verzierung und gibt auf keine Art preis, was sein Inhalt sein könnte. Sieht so aus, als hätte es früher einmal an einer Kette gehangen, aber jetzt ist nur das Medaillon übrig. Ich streife meine Lederhandschuhe über und vergewissere mich, dass niemand zu dicht neben mir sitzt.

»Haltet den Atem an«, befehle ich und öffne das Medaillon. Ich war mir beinahe sicher, dass sich irgendein Gift darin befinden würde – hätte ja gut zu den anderen Hinweisen gepasst –, aber es enthält nur einen kleinen Plastikschlüssel, der dem gleicht, den ich in der Praline gefunden habe. Seine Zähne sind etwas anderes geformt, aber ich könnte wetten, dass man beide gleichzeitig braucht, um ein bestimmtes Schloss zu öffnen.

Benjamin nimmt mir den Schlüssel aus der Hand und untersucht ihn eingehend. »Ich könnte für uns alle Kopien davon machen, nur für alle Fälle. Auf diese Weise könnte jeder ihn benutzen, wenn einer von uns das passende Schloss findet, ohne nochmal hierher zurückkommen zu müssen.«

»Gute Idee. Vielleicht ist noch ein weiterer Schlüssel in der Schachtel dort.«

Ich weise sie wieder an, den Atem anzuhalten, bevor ich vorsichtig die Schachtel öffne. Eine kleine Ampulle mit einer klaren Flüssigkeit befindet sich darin, eingewickelt in grünen Samt. Ich reiche sie Bethany weiter, deren Augen schon in freudiger Erwartung glänzen.

Sie entfernt den Pfropfen auf der Ampulle und schnüffelt daran, dann lacht sie.

»Ich glaube, das ist das Gegenmittel zu dem Zeug, mit dem Benjamin in Kontakt gekommen ist. Es besteht aus Essig, vermischt mit ein paar anderen Substanzen. Ich werde mir das später im Labor genauer ansehen, vielleicht erfahren wir dann mehr über seinen Ursprung. Ich bezweifle aber, dass dies etwas mit dem Rätsel zu tun hat. Sollte vielleicht nur verhindern, dass alle Abenteurer gleich sterben.«

Abenteurer, ja, so könnte man uns bezeichnen. Detektive, Entdecker.

Jetzt ist nur noch Griffons Umschlag übrig.

»Bist du nass geworden?«, fragt Caitlin. »Du hattest doch den Unterwasserort.«

Griffon lacht. »Nein, zum Glück nicht. Es handelte sich um einen Tunnel unter dem Fluss. Feucht und kalt ja, Rattendreck überall, aber ich musste wenigstens nicht durch einen eiskalten Fluss schwimmen.«

Caitlin leckt sich die Lippen. »Vielleicht hätte ich dabei sein sollen. Ich liebe Ratten.«

Eine merkwürdige Stille entsteht plötzlich. Mit drei Worten hat sie erneut gezeigt, wie verschieden sie von uns ist. Ich vermute, dass sie bei der Meute nicht genug zu essen bekommen hat, wie wir auch. Aber zumindest kamen wir bei unseren Aufträgen raus in die Stadt, wo es immer eine Möglichkeit gab, auf dem Markt etwas zu essen zu stehlen. Diese Chance hatte sie nicht. Sie hat stattdessen Ratten gegessen.

Mir laufen Schauer über den Rücken. Wenn ich die Anführer der Meute nicht schon getötet hätte, würde ich es wieder und wieder tun. Und sie dabei quälen. Ich habe selbst viele schlimme Dinge getan, aber ich denke nicht, dass ich von Grund auf böse bin. Das war bei diesen Typen anders – im Innersten verdorben und abartig. Mir hat man beigebracht, aus Spaß zu töten. Bei denen war das angeboren.

Griffon räuspert sich. »Kat, willst du diesen Umschlag nicht aufmachen? Ich hatte keine Zeit mehr - dein Katzen-Botschafter kam in dem Moment, als ich es tun wollte.«

»Ich hab schon mal reingeschaut, um sicherzugehen, dass kein Gift mehr übrig ist«, gibt Bethany zu. »Also schraubt eure Erwartungen nicht zu hoch. Ist langweilig.«

»Übrig?«, frage ich. »Heißt das, da war Gift drin?«

Sie nickt. »Nochmal ‚Kuss des Herrn', wie in deinem Umschlag. Ein bisschen einfallslos, wenn du mich fragst. Gerade so, als würden sie keine anderen Gifte kennen.«

»Nicht jeder hat sein eigenes Labor.«

»BadeLab«, verbessert sie mich. »Und ja, ich werde dich damit nerven, bis du mir ein richtiges gebaut hast.«

Ich seufze. »Du weißt genau, dass du kein richtiges Labor bekommen wirst, bevor nicht sicher ist, dass wir hierbleiben. Also beschwer dich nicht immer, wir haben uns für den Moment bestmöglich eingerichtet.«

Sie murmelt etwas in ihren nicht vorhandenen Bart, was ich geflissentlich überhöre. Bin zu müde für weitere Auseinandersetzungen mit ihr. Es ist schon spät, und morgen habe ich wieder einen Termin mit Lady Lara.

Ich nehme den Umschlag und ziehe ein gefaltetes Stück Papier heraus. Die Maschinenschrift ist dieselbe wie die meines Briefs. Aber der Inhalt ergibt keinen Sinn. Er besteht aus aneinander gereihten Buchstaben und Zahlen, die scheinbar willkürlich zusammengestellt sind. Ich erkenne kein Muster, bin aber auf diesem Gebiet auch keine Expertin.

Ich gebe den Brief an Lily weiter. »Was für Dich. Vielleicht ist das der Schlüssel zum Inhalt des Buches?«

Ich kann ihre Aufregung förmlich riechen. »Ich werde mir das genau ansehen, aber es könnte eine Weile dauern. Code-Knacken geht nicht auf die Schnelle.«

Ich gähne. »Du hast alle Zeit der Welt. Ich gehe schlafen, muss morgen früh raus. Bethany, willst du mich morgen zum Rathaus begleiten? Du könntest dafür sorgen, dass in den Küchen keine Gifte versteckt sind und auch sonst sicherstellen, dass nichts in Lady Laras Essen getan werden kann.«

»Wie früh ist früh?«, fragt sie mit kritischem Blick.

»Vor der Zeit, zu der irgendjemand hier freiwillig

aufstehen würde. Aber je eher wir durch die Bürgermeisterin Geld verdienen, umso schneller können wir nette Kleinigkeiten für dein Labor anschaffen.«

Ihre Augen beginnen zu glänzen. »Ich könnte eine neue Zentrifuge gebrauchen. Und vielleicht...«

»Also komm morgen mit, dann können wir darüber reden«, meine ich gähnend. »Ryker, kannst du einige deiner Katzen bitten, sich auf das Rathaus zu konzentrieren und dort nach irgendetwas Verdächtigem Ausschau zu halten? Griffon, willst du die Rekrutierung von einigen neu einzustellenden Wachen übernehmen?«

Beide Männer nicken. Sie sind wirklich einfacher zu handhaben als Bethany.

»Und was ist mit mir?«, fragt Caitlin. »Was kann ich machen?«

Sie ist so verzweifelt bemüht, auch etwas zu tun, dass ich eine Entscheidung treffe, die ich später wahrscheinlich bereuen werde.

»Ich übergebe dir die Verantwortung für die Lösung dieses Rätsels. Du kannst dir von allen Hilfe holen, die dir dafür geeignet erscheinen oder die Zeit haben; Lily zum Beispiel zum Entziffern des Codes – aber du wirst mir die endgültige Lösung geben. Glaubst du, dass du das schaffst?«

Caitlin nickt eifrig. »Ich werde dich nicht enttäuschen«.

»Das habe ich auch nicht erwartet«, erwidere ich sanft. »Aber jetzt ab ins Bett. Es war ein langer Tag.«

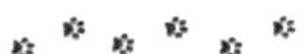

Ryker und Griffon enden irgendwie in meinem Bett. Ryker schläft gerne nackt, Griffon dagegen trägt seidene Schlafanzughosen. Immer stilsicher.

In ihrer Mitte verfliegt meine Müdigkeit etwas, besonders als Griffon seine Hand unter mein Hemd gleiten lässt. Ich schlafe am liebsten in einem übergroßen T-Shirt und Unterhosen. Im Notfall will ich nicht nackt herumlaufen müssen – und bei meiner Art von Arbeit muss man immer mit Notfällen rechnen, selbst wenn es nur ein gutbezahlter Auftrag ist, der umgehend ausgeführt werden muss.

Meine Männer haben nichts gegen die weiten Hemden, da kommen sie besser an mich heran. Sie rücken jetzt näher zu mir, bis ich zwischen ihnen eingeklemmt bin. Griffon zieht das Hemd hoch und legt die Hände um meine Brüste, massiert sie dabei auf die Art, die ich am liebsten mag. Rykers Finger befinden sich derweil schon auf Erkundungen zwischen meinen Beinen, nachdem er mir das Höschen heruntergezogen hat.

Ich stöhne auf, als er mit seinen Fingern in mich eindringt, während er mit dem Daumen weiter mein Knöpfchen reibt. Er spielt auf mir wie auf einem Instrument, und die Töne, die ich von mir gebe, könnten Noten auf einer Geige sein. Griffon nimmt die Hände von meinen Brüsten, und bevor ich protestieren kann, umschließen seine Lippen eine Brustwarze, womit ich wieder zufrieden bin. Er saugt, knabbert, saugt noch mehr, bis ich roh vor Verlangen bin. Das reicht noch nicht.

Ich krümme meinen Rücken, stoße ihm meine Brust

praktisch in den Mund, während ich Ryker bedeute, dass ich mehr brauche als nur seine Finger. Mein Siron lacht und beginnt, mit einer Hand eine Brust zu massieren, während er mit der anderen meine Unterlippe streichelt. Ich sauge gierig an seinen Fingern, als ob sie ein anderes Körperteil wären. Und drehe den Kopf, um zu sehen, ob er bereit ist. Oh ja, und ob.

Ryker schiebt einen dritten Finger in mich hinein. Ich bewege mein Becken ihm entgegen, damit er noch tiefer in mich eindringen kann. Er fickt mich mit seinen Fingern, während sein Daumen weiter meinen Kitzler traktiert. Ich bin dicht an der Schwelle, aber es reicht noch nicht, nicht bevor Ryker mich zwischen den Schenkeln küsst und beginnt, meine Nässe aufzuschlecken.

Ich komme schreiend, als seine Zunge ihr Werk vollendet und mich auf neue Höhen der Lust führt. Ich fliege, werde getragen von meinen beiden Männern, liege sicher in ihren Armen, weit weg von allen Sorgen und Nöten.

Ich bin so in diesem Moment gefangen, dass ich zunächst gar nicht bemerke, dass noch jemand den Raum betreten hat – erst, als das Bett unter dem zusätzlichen Gewicht nachgibt.

»Ich sehe gerade, dass ihr ohne mich angefangen habt«, flüstert Lennox. »Ich hoffe, du bist noch nicht zu müde, um einen Wolf in dir zu spüren.«

ACHT

Beim Aufwachen fühle ich mich erstaunlich frisch. Gut, ich gähne einige Male, aber mehr aus Gewohnheit.

Meine drei Männer schlafen. Griffon und Ryker rechts und links von mir, während Lennox sich zu meinen Füßen zusammengerollt hat. Dummes Hündchen. Seine Haut strahlt förmlich, leuchtet fast, wie immer nach einer Vollmondnacht. In den nächsten Tagen wird er voller Energie sein. Ich grinse. Da muss ich wohl einige zusätzliche Bettzeiten mit einplanen. Er bekommt schlechte Laune, wenn er diese Energie nicht abbauen kann – und außerdem ist Sex mit einem hyperaktiven Werwolf einfach sagenhaft. Keiner kann behaupten, wirklich Sex gehabt zu haben, es sei denn mit einem notgeilen Wolf oder einem verführerischen, im wahrsten Sinne des Wortes bezaubernden Siron oder einem mit Katzenminze vollgepumpten Katzenwandler. Hab ich's nicht gut – mir stehen alle drei zur Verfügung!

Ich bemühe mich nicht, besonders leise oder vorsichtig zu sein, als ich aus dem Bett steige. Wenn ich schon aufstehen muss, sollen die anderen das ruhig auch tun. In einer Beziehung teilt man doch alles, oder? Das schließt frühes Aufstehen ein.

»Wohin gehst du?«, fragt Lennox mit lautem Gähnen.

Ah, stimmt ja. Er weiß noch nicht, was gestern alles passiert ist.

»Ich erzähl's dir beim Frühstück. Du hast ganz schön was verpasst.«

Er sieht mich mit seinem treuesten Hundeblick an.

»Na gut, wenn du nicht mit mir frühstücken willst, lass es dir von den anderen erzählen. Ich habe einen Termin mit der Bürgermeisterin und war gestern schon zu spät dran, das kann ich mir heute nicht wieder erlauben.«

»Der Bürgermeisterin? Du hast den Job bekommen?«

»Das muss dich nicht überraschen. Ich war schließlich die beste Kandidatin. Und habe das Vorstellungsgespräch überlebt, trotz Giftanschlag.«

Seine Augen werden groß. »Gut, ich glaube, diese Geschichte muss ich mir doch anhören.«

Ich gebe ihm einen Abriss der gestrigen Ereignisse, während ich uns ein paar Eier auf Toast mache. Sie werden ziemlich braun, um nicht zu sagen verbrannt, sind aber noch genießbar. Lennox beschwert sich, wie immer, aber wenn er was auszusetzen hat, hätte er sie ja machen können. Mein ärgerlicher Blick lässt ihn verstummen.

»Wenn du besseres Essen willst, musst du uns einen Koch besorgen.«

»Ist das dein Ernst? Du würdest einen Fremden hier reinlassen, der uns unsere Mahlzeiten kochen soll?«

»So gesehen – nein. Vielleicht sollten wir Caitlin einen Kochkurs bezahlen. Sie hat im Moment nicht viel zu tun. Auf die Weise könnte sie sich nützlich machen.«

»Also jetzt soll deine psychotische Serienmörder-Schwester uns das Essen machen?«

Ich steche ihn mit der Gabel. »Sie ist nicht psychotisch. Die Medikamente wirken gut.«

Er verdreht die Augen. »Weiß ich doch. War bloß Spaß. Ich finde die Idee eigentlich gut. Das würde ihr eine Aufgabe geben.«

»Dann wirst du dich jetzt darum kümmern, ihr einen Lehrer zu suchen. Die Arbeit bei der Bürgermeisterin wird gut bezahlt, wir können es uns also leisten.«

Er nickt. »Mach ich. Übrigens, weiß die Bürgermeisterin eigentlich, was du bist?«

»Ich hab's ihr nicht ausdrücklich gesagt, aber ich bezweifle, dass sie dieses Amt hier in Attenburg hätte, wenn sie nicht zumindest teilweise mit dem Übernatürlichen vertraut wäre. Diese Stadt ist schließlich voll von Sirenen. Ich habe vor, das Gespräch heute darauf zu bringen. Mal sehen, was sie von diesem Wissen alles zugibt.«

»Gute Idee. Soll ich mitkommen?«

»Eigentlich wollte ich Griffon mitnehmen, aber er ist

ja noch nicht wach – wie weit kennst du dich mit dem Absichern eines Gebäudes aus?«

Lennox grinst. »Ich habe Herrn Moon geholfen, sämtliche Sicherungsmaßnahmen für seine Anlage zu entwickeln. Ich bin dein Wolf.«

»Hervorragend. Dann müssen wir uns jetzt nur noch hübsch machen, Bethany wecken, und es kann losgehen.« Ich schneide eine Grimasse. »Das wird kein Vergnügen.«

Bethany macht mir das Leben schwer, bis ich sie daran erinnere, dass diese Arbeit die Grundlage für ihr künftiges Labor sein könnte. Und für die neue Zentrifuge, hinter der sie so her ist. Trotzdem beschwert sie sich während des gesamten Wegs zum Rathaus, immerhin zwanzig Minuten ununterbrochene Meckerei.

Als wir endlich ankommen, bin ich fast so weit, dass ich sie erwürgen könnte. Ich wünschte, *sie* hätte die große grüne Zunge gehabt. Bethany zum Stillsein verdammt – was für eine tolle Vorstellung.

Die Empfangsdame winkt uns durch, und wir steigen die Treppe hinauf in den vierten Stock. Natürlich wieder von Bethanys Beschwerden begleitet.

Wie gestern auch, begrüßt uns Lady Lara schon am Treppenaufgang und lächelt uns freundlich an.

»Sie sind pünktlich«, sagt sie mit einem Augenzwinkern. »Gut gemacht.«

Ich zucke mit den Schultern. »Sind Sie ja auch.«

»In der Tat. Wer sind Ihre Begleiter?«

Ich stelle Lennox und Bethany vor, ihn als Sicherheitschef, sie als Giftexpertin. Sie grinsen beide über ihre neuen Titel. Ist sicher etwas übertrieben, aber der erste Eindruck zählt. Lady Lara soll schließlich überzeugt sein, dass ich wirklich in der Lage bin, diese Arbeit zu übernehmen, und dass mein Team so gut ist, wie ich das im Vorstellungsgespräch behauptet habe.

»Ich habe da einen kleinen Test vorbereitet«, kündigt Lady Lara mit unschuldigem Lächeln an. »Auf diesem Stockwerk sind drei Fallen versteckt. Herr Lennox, wenn Sie sie finden und unschädlich machen können, bekommen Sie den Job. Meine Damen, kommen Sie mit mir ins Büro, da habe ich einige Gifte zum Ausprobieren.«

Sie dreht sich um und geht selbstsicher auf ihr Büro zu. Ich wechsle einen Blick mit den beiden anderen.

»Sie ist schon Hardcore«, flüstert Bethany. »Ich mag sie.«

Lennox seufzt. »Dann mache ich mich mal auf die Suche nach diesen Fallen. Bis später.«

Bethany und ich folgen Lady Lara in dasselbe Büro, in dem wir gestern waren. Aber an Stelle der Kekse stehen jetzt drei schwarze Flaschen auf dem Tisch aufgereiht.

Lady Lara deutet darauf: »Eine davon ist tödlich, eine führt zu Verletzungen, eine ist harmlos. Trinken Sie aus der harmlosen.«

Bethany lässt sich nichts anmerken. Sie setzt sich mit undurchdringlichem Gesichtsausdruck und inspiziert die Flaschen.

»Lassen Sie sich ruhig Zeit«, meint Lady Lara. »Ich habe noch ein paar Dinge mit Frau Feln zu besprechen.«

»Bitte nennen Sie mich Kat. ‚Frau Feln‘ macht mich so alt.«

»Dann nennen Sie mich Lara. Lady Lara hört sich so wichtigtuerisch an.« Sie grinst. »Natürlich bin ich wichtig, aber das soll mich nicht dazu verleiten, arrogant zu werden.«

Wir gehen zu ihrem großen Schreibtisch – um den beneide ich sie – und sie gibt mir ein Stück Papier.

»Das ist mein Terminplan für diese Woche. Am Freitagabend bin ich auf einer Veranstaltung, zu der ich eine Begleitung brauche. Es ist ein Ball, den die Juweliers-Gilde veranstaltet. Einige ihrer Mitglieder haben Geld gespendet für Zwecke, die mir am Herzen liegen, deshalb muss ich dort erscheinen. Ich habe für Sie einen Termin mit meiner privaten Schneiderin vereinbart, für morgen Nachmittag. Dann müsste das Kleid bis Freitag fertig sein.

»Kleid?« Ich schlucke schwer. »Ich nehme an, ein Hosenanzug oder gar Overall geht nicht?«

»Nein, gar nicht. Ich werde dafür sorgen, dass Ihr Kleid Taschen hat für Waffen. Oder ziehen Sie es vor, darunter Messerscheiden zu tragen? Das können Sie mit meiner Schneiderin besprechen. Ich habe ihr schon ein paar allgemeine Hinweise gegeben, was für spezielle Bedürfnisse Sie haben, aber Sie können mit ihr die Einzelheiten besprechen.«

Ächz. Ich hasse Kleider. Wenn ich mich in so einem Teil wandeln muss, ist es meistens zu eng, wenn ich mich wieder zurück wandele. Das habe ich einmal gemacht, und dabei war das Kleid so aus der Form geraten, dass danach mein Busen für alle sichtbar raushing. Nein danke!

Ich überfliege den Terminkalender. Es gibt noch eine ganze Reihe weiterer Besprechungen diese Woche, aber sie finden alle hier im Rathaus statt. Wenn es uns gelingt, entsprechende Sicherheitsvorkehrungen zu treffen, muss ich vielleicht nicht zu allen anwesend sein.

»Diese hier«, sagt Bethany laut und leert eine der Flaschen auf ex.

Ich unterdrücke aufkommende Zweifel. Sie weiß, was sie tut. Kein Grund zur Sorge.

Lady Lara beobachtet sie neugierig. Sie erinnert mich an eine Wissenschaftlerin, die ihr Studienobjekt betrachtet. Das lässt mich dann doch etwas erschauern. Nein, sie gehört nicht zu denen. Wenn mich mein Instinkt nicht total trügt, gehört sie zu den Guten. Sie ist schon ziemlich derb im Umgang, aber sie hat das Herz am rechten Fleck. Das ist zumindest mein erster Eindruck von ihr. Ich werde erst mit der Zeit herausfinden, ob ich richtig lag. Jeder hat ein paar Leichen im Keller, aber nicht alle wurden vom Besitzer dort hin verfrachtet...

Als Bethany keine weiteren Reaktionen zeigt, lächelt Lady Lara. »Gut gemacht. Können Sie die Gifte benennen?«

»Gelbnuss, Neid der Armen, und das da war nur Wasser mit Holunderblütensirup. Schmeckt übrigens super. Kann ich das Rezept haben?«

Die Bürgermeisterin lacht. »Sie gefallen mir. Und ja, das Rezept stammt noch von meiner Großmutter. Ich werde es später für Sie aufschreiben. Aber jetzt werde ich Sie erst einmal dem Küchenpersonal vorstellen.«

Sie geht um ihren Schreibtisch herum und drückt auf verschiedene Knöpfe, die dort aufgereiht sind.

»Die Köchin wird gleich hier sein. Sie wird Ihnen die Küchen und Lagerräume im Keller zeigen. Sehen Sie sich um und machen Sie eine Liste mit Verbesserungsvorschlägen. Geld spielt keine Rolle.«

Bethany lächelt, ist sichtlich aufgeregt. »Wird mir ein Vergnügen sein.«

Lennox erscheint zusammen mit der Köchin. Ganz Gentleman, hält er ihr die Tür auf.

Sie ist ein Strich in der Landschaft, klein, dünn, zerbrechlich. So hätte ich mir eine Köchin nicht vorgestellt, aber ihre Schürze deutet auf ihre Tätigkeit. Ob ihr Essen so schlecht ist, dass sie es nicht einmal selbst mag?

»Bella, danke, dass Sie so schnell gekommen sind«, begrüßt sie Lady Lara. »Das sind die Herrschaften, von denen ich Ihnen erzählt habe. Frau Bethany wird sie in die Küchenräume begleiten und feststellen, was man dort verbessern könnte. Zeigen Sie ihr bitte alles. Sie können sich Zeit lassen, ich brauche heute kein Mittagessen. Frau Feln und ich werden außer Haus essen.«

»Werden wir?«, entfährt es mir.

Lara lächelt mich an. »Werden wir. Ich habe das Rathaus oder mein eigenes Haus seit dem letzten Attentatsversuch nicht mehr verlassen. Jetzt, wo ich Sie habe, kann ich mich endlich wieder in der Öffentlichkeit zeigen. Außerdem gibt es da ein entzückendes kleines Restaurant unten am Fluss. Das wird Ihnen gefallen; und der Kaviar ist ganz vorzüglich.«

Neun

Ich hatte erst Angst, das Mittagessen könnte langweilig werden, aber Lady Lara erweist sich als gute Gesellschaft. Sie interessiert sich für alle Themen, die wir im Gespräch berühren und zeigt immer wieder, wie intelligent und geistig rege sie ist. Ich muss mir eingestehen, dass ich mich in ihrer Gegenwart wohlfühle. Hätte nie gedacht, dass ich so etwas über jemanden denken könnte, der mit meinem eigenen Lebensstil so gar nichts gemein hat. Während der Unterhaltung versuche ich, Hinweise auf Übernatürliches einzustreuen, damit sie zugeben kann, von Wesen wie uns zu wissen. Sie ist entweder zu schlau oder weiß darüber tatsächlich nichts. Wäre beides möglich. Eines ist gewiss – ich werde nie den Fehler machen, sie zu unterschätzen. Aus den Geschichten, die sie mir erzählt, geht hervor, dass andere das getan haben, besonders Männer. Keiner von ihnen ist die Karriereleiter so hoch gestiegen wie sie.

Wenn ich jünger wäre und mir ein Vorbild suchen wollte, würde ich Lady Lara wählen. Ich empfinde regelrechte Verliebtheit für sie. Nicht im romantischen Sinne. Nein, so ticke ich nicht. Obwohl, wenn sie es anbieten würde... nein, lassen wir das. Drei Männer reichen absolut aus, mich zu befriedigen. Es ist schon eine Herausforderung, für alle genug Zeit zu finden. Aber vielleicht sollte ich Lily mit Lady Lara bekanntmachen. Könnte mir vorstellen, dass sie gut zueinander passen. Ja, das betrachte ich jetzt als meine Aufgabe. Sie vor Mördern zu bewahren und dafür zu sorgen, dass sie sich in Lily verliebt.

Mir wird auf einmal klar, was ich da denke. Werde ich etwa wieder rollig? Bitte nicht! Das war beim letzten Mal schlimm genug, und ich weiß noch immer nicht, warum ich es so intensiv erlebt habe. Wenn es noch einmal passiert, werde ich mich in meinem Zimmer einschließen und abwarten, bis die Phase vorbei ist. Kein lüsternes Verfolgen meiner Männer. Keine Peinlichkeiten.

»Schmeckt Ihnen das Mousse au Chocolat?«

Ich stutze und starre auf meinen Löffel, den ich eine gute Minute über der Dessertschüssel gehalten habe, während ich in Gedanken Lady Laras Liebesleben arrangiert habe. Ich stecke den Löffel schnell in den Mund und zeige deutlich, wie sehr ich das Mousse genieße. Dazu muss ich nicht einmal schauspielern. Es ist wirklich köstlich. Das ganze Essen war einfach herrlich. Wenn mich in dieser Hinsicht nicht immer der Geiz packen würde, käme ich noch einmal hierher; aber ich sehe normalerweise nicht ein, so viel Geld fürs Essengehen auszugeben. Letzten Endes wird auch dieses tolle Essen in meinem

Magen zu einer gestaltlosen Masse und als solche dann in der Toilette enden, genau wie die deutlich billigeren Mahlzeiten, die ich sonst zu mir nehme.

Lara lehnt sich auf ihrem Stuhl zurück und lächelt. »Es ist so schön, wieder rauszukommen. Ich war so lange eingesperrt. Ich weiß, ich hätte nicht zulassen sollen, dass meine Gegner mir solche Angst einjagen, aber es ist nicht leicht, in der Öffentlichkeit selbstbewusst aufzutreten, wenn man weiß, dass Killer hinter einem her sind. Das schlägt gehörig auf den Appetit.«

»Das wundert mich nicht. Ich frage mich nur, warum Sie nicht gleich in die Offensive gegangen sind?«

»Weil das nicht nur gegen meinen moralischen Codex verstoßen hätte, sondern weil ich auch nicht weiß, wer hinter den Anschlägen steckt. Es gibt eine ganze Reihe von Personen, die gegen mich arbeiten, aber die meisten nutzen politische Mittel und Wege, um mich mundtot zu machen. Ich habe keine Ahnung, wer von denen skrupellos genug wäre, einen Killer auf mich anzusetzen.«

Ich nicke, auch wenn ich ihre Meinung nicht teile. Ich an ihrer Stelle hätte sie alle umbringen lassen oder sie zumindest so ernsthaft bedroht, dass sie sich die Sache zweimal überlegen würden. Aber das ist wahrscheinlich der Unterschied zwischen einer Politikerin und einer Auftragsmörderin. Mir wäre es zuwider, in meiner Handlungsfähigkeit so eingeschränkt zu sein.

Ein Pärchen betritt das Restaurant, das alle Blicke auf sich zieht. Der Mann trägt einen Anzug aus schwarzer Seide, sie ein paillettenbesetztes Kleid. Das Licht der drei Kronleuchter spiegelt sich in ihrem Kleid, was sie leuchten lässt, als sei sie gerade einem Märchenbuch entstiegen. Ihr langes blondes Haar reicht ihr bis zur Hüfte. Wie lange sie es wohl jeden Tag bürsten muss, damit es sich nicht verknotet... Ganz sicher keine Haartracht für einen Killer. Oder jedwede Tätigkeit, bei der man sich viel bewegen muss.

Der Mann sieht sich im Raum um und bemerkt uns. Er hebt die Hand zum Gruß.

Lady Lara seufzt. »Wir hätten früher gehen sollen. Jetzt können wir ihm nicht mehr entfliehen.«

»Wer ist das?«, flüstere ich.

»Der Polizeichef. Ja, ich weiß, er sieht nicht so aus.« Sie lacht freudlos. »Ich bezweifle, dass er je den Fuß in eine Polizeiwache gesetzt hat. Er hat das Amt mehr oder weniger geerbt. Geldadel, verstehen Sie? Zum Glück sind die meisten Polizisten in der Lage, unsere Stadt auch ohne seine Führung in Ordnung zu halten. Ich habe schon versucht, ihn los zu werden, aber er ist gut vernetzt.«

Sie hört auf zu flüstern, als sich das Paar uns nähert. Die Frau starrt mich an und zieht die Nase leicht kraus, als erwarte sie, dass ich unangenehm riechen würde. So eine arrogante Tussi. Ich trage zwar kein Pailletten-Kleid, aber ich hänge auch nicht am Arm eines Mannes und tue so, als sei er der Nabel der Welt. Ich bin unabhängig.

»Lawrence, Lydia, freut mich sehr, Sie zu sehen«, zirpt Lady Lara mit aufgesetztem Lächeln. »Wir wollten gerade gehen, aber setzen Sie sich doch zu uns.«

»Wenn es Ihnen nichts ausmacht«, erwidert der Mann mit demselben künstlichen Lächeln. »Und wer ist diese nette junge Dame?«

»Frau Feln ist neu hier in der Stadt, deshalb wollte ich ihr mein Lieblingsrestaurant zeigen«, antwortet die Bürgermeisterin.

Lawrence zieht die Stirn etwas in Falten, ist sichtlich nicht zufrieden mit dieser ausweichenden Antwort.

»Willkommen in Attenburg«, sagt Lydia laut. Ihr falsches Lächeln ist das schlimmste von allen. »Woher kommen Sie? Aus einem Dorf, nehme ich an? Ohne Zugang zu guten Schneidern?«

»Lydia«, ruft ihr Ehemann tadelnd, aber sein Blick zeigt, dass er genauso denkt wie sie. Hochnäsige Idioten.

»Ich habe schon an vielen Orten gewohnt«, erwidere ich vorsichtig, »Aber bis jetzt gefällt mir Attenburg sehr gut. Die Menschen hier sind so freundlich, heißen Fremde willkommen.«

Von Lady Lara kommt ein unterdrücktes Schnauben. Diese Reaktion auf meine Antwort hätte ich nicht erwartet. Ich mag sie dafür umso mehr.

»Oh ja, wir sind bekannt als freundliche Stadt«, meint Lydia fröhlich, ohne meinen Sarkasmus bemerkt zu haben.

Lawrence hat einen gequälten Gesichtsausdruck, als er zuhören muss, wie seine Frau von den freundlichen Menschen in Attenburg schwärmt. Ich verdrehe insgeheim die Augen – diese Frau hat jeden Bezug zur Realität verloren.

»Schatz, warum suchst du dir nicht was Leckeres von der Speisekarte aus?«, unterbricht er sie nach einer Weile.

Am liebsten würde ich diesem herablassenden Scheißkerl kräftig in die Eier treten.

Er wendet sich an Lady Lara. »Ich wollte Sie schon länger sprechen. Wir sollten einmal über das Budget für die Polizei reden. Die Dinge entwickeln sich seit meinem Amtsantritt in die richtige Richtung, aber mit den zur Verfügung stehenden Mitteln lassen sich nicht alle Veränderungen umsetzen, die ich vorhabe.«

»Und was sind das für Veränderungen?«

»Der Aufbau einer Polizeiakademie um sicherzustellen, dass nur die Besten unserer Stadt in dieser Funktion dienen dürfen. Höhere Pensionen für Ruheständler. Eine Erweiterung des Gefängnisses, weil das an seine Kapazitätsgrenzen stößt.«

»Ja, das ist ein Punkt, über den ich mit *Ihnen* sprechen wollte«, erwidert die Bürgermeisterin pointiert. »Sie haben doppelt so viele Bürger hinter Gitter gebracht wie der Polizeichef vor Ihnen. Hat sich die Zahl der Taten denn wirklich verdoppelt oder ist mir da etwas entgangen?«

»Nein, aber nicht alle Taten wurden in der Vergangenheit entsprechend geahndet. Man hat die Kriminellen mit Samthandschuhen angefasst. Ich weiß, mein Vorgänger hatte diese Hirngespinste von Rehabilitation und Bürgerprogrammen, aber die einzige Sprache, die diese Typen verstehen, ist Verwahrung hinter Schloss und Riegel. Sie können sich gern einmal im Gefängnis umsehen. Danach sind Sie mit Sicherheit wie ich der Meinung, dass wir mehr Geld brauchen.«

»Das würde ich tatsächlich gern einmal tun«, antwortet Lady Lara.

Lawrences Gesicht bleibt unbewegt, aber seine Pulszahl erhöht sich. Er fühlt sich gerade überhaupt nicht wohl in seiner Haut. Jede Wette, dass er gedacht hat, dieses Gespräch würde einen völlig anderen Verlauf nehmen und damit enden, dass er mehr Geld in der Tasche hat. Ich verachte Leute wie ihn. Und ich wette, dass die höheren Pensionszahlungen in die Taschen seiner Freunde und Unterstützer gewandert wären, nicht die der einfachen Polizisten. Ich würde mein letztes bisschen Katzenminze darauf verwetten, dass dieser Mann durch und durch korrupt ist. Ob er hinter den Anschlägen steckt? Er verfügt auf jeden Fall über die nötigen Verbindungen.

»Liebling, welchen Wein hättest du gerne?«, fragt Lydia und zeigt damit, dass sie von dem Gespräch um sich herum nichts mitbekommen hat.

»Du entscheidest«, murmelt ihr Mann abwesend. »Er muss nur zum Hummer passen.«

Sie lächelt süßlich und widmet ihre gesamte Aufmerksamkeit wieder der Speisekarte. Unglaublich. Wein schmeckt doch immer gleich. Ist aus Trauben. Vergorenem Traubensaft. Wer ist nur auf die Idee gekommen, Trauben eine Weile vor sich hin faulen zu lassen und die Flüssigkeit dann für viel Geld zu verkaufen? Ergibt keinen Sinn. Das war auf jeden Fall ein reicher Mensch mit Erfahrung im Marketing, der andere davon überzeugen konnte, dass dieses Produkt ein Luxusgetränk ist. Und die Leute sind darauf hereingefallen. Dumm von ihnen. Ich bleibe bei etwas Ordentlichem. Wie Tee.

Lady Lara steht mit einer einzigen fließenden Bewegung auf. »Wir überlassen Sie jetzt besser Ihrem Hummer. Ich werde im Rathaus noch gebraucht.«

Lawrence – seinen Nachnamen kenne ich immer noch nicht – lässt uns sichtlich ungern gehen, aber er kann nichts dagegen tun. Seine Frau beachtet uns nicht weiter, ist ausschließlich mit der Weinkarte beschäftigt. Ihr Mäuse-Hirn scheint damit ausgelastet.

Sobald wir aus dem Restaurant raus sind, atmet Lara tief ein.

»Endlich! Ich dachte schon, ich müsste einen Notfall erfinden, aber er hat uns zum Glück auch so gehen lassen. Das ist mir zum ersten Mal passiert. Er ist wie eine Krake, die ihre Beute nicht mehr aus ihren Tentakeln entkommen lässt. Auch wenn er letztlich selbst das Opfer wird.«

Ich schaue sie grinsend an. »Sie haben schon Pläne, wie Sie ihn loswerden.«

»Allerdings. Aber nicht, was Sie jetzt denken. Wollen wir wetten? Ich setze darauf, dass ich ihn innerhalb eines Monats aus dem Amt entfernen werde. Ohne Blutvergießen.«

»Und was geschieht, wenn das nicht gelingt?«

Ihr Lächeln wird jetzt raubtierhaft. »Dann überlasse ich ihn Ihnen. Es würden keine Fragen gestellt, sollte ihm ein Unglück geschehen. Ein Unfall. Eine mysteriöse Krankheit. Sie verstehen schon.«

»Oh ja, sicher. Einen Monat, sagten Sie? Wie wär's, wenn wir die Sache etwas forcieren. Zwei Wochen?«

»Wenn ich es nicht besser wüsste, könnte man glatt meinen, Sie seien darauf aus, jemanden umzubringen.«

Ich zucke mit den Schultern. »Zum Glück wissen Sie es ja besser.«

Sie zieht die Augenbrauen hoch, eine stumme Botschaft, dass sie über mein Vorleben mehr weiß, als sie vorgibt. Vielleicht bin ich aber auch nicht gut darin, wie ein normaler Mensch zu handeln. Ich bin mein ganzes Leben lang ein Killer gewesen und habe zwar Übung darin, mich bei meiner Arbeit gut zu verstecken; aber ich musste selten vorgeben, jemand anderer zu sein. Ich kann nun mal schlecht den guten, netten Menschen von nebenan geben. Katzen sind nicht nett. Sie würden diese Bezeichnung als Beleidigung betrachten.

Lara seufzt. »Wir sollten wohl ins Büro zurückkehren. Mal sehen, ob Ihre Freunde weitergekommen sind.«

»Meine Angestellten«, korrigiere ich ohne zu zögern. Ich kann mir selbst gegenüber zwar mittlerweile eingestehen, dass sie meine Freunde sind, aber das muss der Rest der Welt nicht wissen. Ich habe einen gewissen Ruf. Gut, nicht an diesem Ort, wo man mich noch nicht kennt, aber ich will ihn nicht gleich im Ansatz durch zu große Sentimentalität ruinieren. Killer haben keine Freunde. Und Geschäftsinhaber schließen keine Freundschaften mit ihren Angestellten.

Sie grinst mich an. »Wie auch immer. Wie soll ich Sie denn bezeichnen? Als meine Angestellte? Beauftragte?«

»Beraterin. Fachberaterin, und die anderen sind Assistenten. Oder so ähnlich.«

»Dann werde ich das so auf Ihre Namensschilder drucken lassen. Obwohl ich den Eindruck hatte, Bethany gefiel der Titel der Giftexpertin gut.«

»Ja, das stimmt. Sie ist manchmal ein bisschen eitel, aber die beste in diesem Geschäft. Sie hat mir mit ihren Gegenmitteln mehr als einmal das Leben gerettet. Und ihre Gifte sind nicht von dieser Welt.«

»Das glaube ich sofort. Ich werde Sie wissen lassen, wenn ich einmal eines brauche. Aber wie ich schon durchblicken ließ, ziehe ich es vor, Probleme auf meine Art zu lösen. Mit diplomatischem Geschick, Witz und ein bisschen harmloser Erpressung.«

»Erpressung? Darüber wüsste ich gern mehr.«

Lady Lara kichert. »Das würde Ihnen gefallen, nicht wahr? Vielleicht ein andermal. Ich will ja nicht alle meine kleinen Geheimnisse auf einmal preisgeben. Wenn das so gut weitergeht, wie es begonnen hat, werden wir noch viel Zeit haben, uns Geschichten zu erzählen.«

Das bedeutet ja wohl, dass sie mich gerne um sich hat, oder? Ich weiß nicht so recht, was ich mit dieser Erkenntnis anstellen soll. Normalerweise jagen die Leute mich zum Teufel oder kommen gar nicht mehr dazu, weil ich sie schon umgebracht habe.

Dies ist eine neue Erfahrung. Hoffentlich versaue ich's nicht.

ZEHN

Sowohl Lennox als auch Bethany erwarten uns in der Empfangshalle des Rathauses. Augenscheinlich sind sie gelangweilt und hungrig. Huch. Vielleicht hätte ich ihnen etwas zu essen mitbringen sollen. Andererseits sind sie beide erwachsen und können sich selbst darum kümmern.

Zu dritt begleiten wir Lara hinauf in den vierten Stock in ihr Büro. Sie nimmt hinter ihrem großartigen Schreibtisch Platz, während Bethany und Lennox sich auf die einfacheren Stühle setzen. Ich bleibe stehen und lehne mich gegen eine der holzgetäfelten Wände.

»Ich habe heute schon genug gesessen«, erkläre ich, als mich Lady Lara fragend anschaut.

Sie zuckt mit den Schultern und beugt sich vor, die Ellenbogen auf den Tisch gestützt, und betrachtet meine Angestellten.

»Lennox, beginnen wir mit Ihnen. Wie beurteilen Sie die Sicherheitslage in meinem Rathaus?«

Er räuspert sich. »Wenn Sie mir ein offenes Wort gestatten, sie ist nicht gut. Sie haben nicht genug Wachleute, und die vorhandenen sind nicht gut ausgebildet. Ich habe es unglaubliche sechs Mal geschafft, mich unbemerkt in das Gebäude einzuschleichen und in dieses Stockwerk zu gelangen. Und beim letzten Mal habe ich absichtlich viel Krach gemacht. Niemand hat mich gesehen. Die Empfangsdame scheint die einzige zu sein, die sich dafür interessiert, wer hier aus und ein geht. Ehrlich gesagt, würde ich die gesamte Wachmannschaft durch neue Leute ersetzen. Die alten auszubilden dürfte länger dauern, denn die werden auf herkömmliche Vorgehensweisen bestehen. Und ihrem Kleidungsstil nach zu urteilen, befinden sich wohl etliche von ihnen im Dienst anderer Auftraggeber. Einer von ihnen trägt eine Uhr, die viel mehr gekostet hat, als er als einfacher Wachmann verdienen kann. Wenn Sie wollen, könnte ich mir für jeden einzelnen Informationen zu dessen Herkunft und Lebensumständen heraussuchen, aber es wäre einfacher, sie alle zu entlassen.«

Lady Lara schürzt die Lippen. »Ich verstehe, aber ich möchte sie nicht ohne Arbeit auf die Straße setzen, wo sie ja auch lange für die Stadt gearbeitet haben. Ich werde mich umhören, ob man in einem anderen öffentlichen Gebäude ein paar Wachleute braucht. Dann könnte man hier die Strukturen ändern, ohne dass die Rathausangestellten ihren Job verlieren. Oder sie könnten zur Polizei wechseln. Lawrence will doch mehr Mittel, also werde ich ihm entgegenkommen.«

Wieder bin ich beeindruckt. Sie ist verantwortlich für die ganze Stadt, nimmt sich aber die Zeit, auch das Schicksal solch kleiner Angestellter zu bedenken. Wie um alles in der Welt ist sie in der Politik so weit gekommen, wenn Ihresgleichen sich doch in der Regel genau entgegengesetzt verhält? Ihr Mitgefühl müsste eigentlich als Schwäche gelten, aber sie hat es geschafft, eine Stärke daraus zu machen.

»Stimmt etwas nicht mit meinem Gesicht?«, fragt sie unvermittelt.

»Ähm, nein, wieso?«

»Weil Sie mich so merkwürdig anstarren«.

»Oh, tut mir leid. Wollte wirklich nicht merkwürdig starren.«

Sie lacht. »Keine Sorge, ich bin's gewöhnt. Man steigt als Frau nicht in meine Position auf, ohne seltsame Blicke auszuhalten. Manchmal starrt mich sogar meine Katze an, als sei ich eine Fremde. Oder etwas Abartiges.«

Mein Herz schlägt schneller. Sie ist noch erstaunlicher, als ich dachte.

»Sie haben eine Katze?«

»Ja, Minka. Sie ist schon eine alte Katzendame, liegt den ganzen Tag lang faul auf dem Sofa. Sie hat Arthrose, ist auf einem Auge blind, stolziert aber immer noch durch die Wohnung, als gehörte ihr die Welt. Sie geht nicht mehr nach draußen, herrscht drinnen aber mit eiserner Pfote. Wenn sich je eine Maus in mein Haus wagte – würde sie das nicht lange überleben.«

Ich wechsle einen Blick mit Lennox. Da haben wir uns eine Katzenliebhaberin eingefangen. Perfekt! Ich werde eine von Rykers Katzen vorbeischicken, damit sie Kontakt zu Minka aufnimmt. Vielleicht mache ich das aber auch selbst. Ich habe mich schon viel zu lange nicht mehr gewandelt. Auch wenn Minka nicht mehr aus dem Haus geht, wäre es doch gut, sie auf unserer Seite zu wissen. Sollte Lara etwas zustoßen, könnte Minka die Katzen in der Umgebung alarmieren, und diese würden mich dann benachrichtigen.

Und das Beste daran ist, dass Lara nie davon erfahren wird. Sie wird sich in ihrem Haus nicht beobachtet fühlen. Sie ist es ja schon gewöhnt, dass ihre Katze sie merkwürdig anschaut – wie ja wohl alle Katzenbesitzer.

Besitzer ist das falsche Wort, ich korrigiere mich. Das ist der menschlichen Sprache geschuldet. Katzen haben keine Besitzer. Sie sind Göttinnen, denen die Menschen dienen dürfen. Sie besitzen die Menschen, sind aber zu schlau, sie das wissen zu lassen. Das kleinste Kätzchen beherrscht schon die Kunst der Manipulation.

Lara seufzt. » Aber zurück zu geschäftlichen Dingen. Lennox, nehmen Sie sich bitte die Liste der gegenwärtig bei mir angestellten Wachleute vor und schauen Sie, ob von denen jemand weiterbeschäftigt werden könnte. Dann schreiben Sie bitte auf, was für Fähigkeiten die neuen Wachleute mitbringen sollten, damit wir ein paar Stellenanzeigen schalten können. Wenn wir welche eingestellt haben, erarbeiten Sie bitte ein Trainingsprogramm für sie. Bis all das geschehen ist, hätte ich sie gerne um mich, Kat.«

Ich nicke, höre im Geiste die Münzen in unserem Beutel klingeln. »Natürlich. Ich stehe so oft wie irgend möglich zu Ihrer Verfügung. Ein weiterer Angestellter, Griffon, kann in Notfällen für mich übernehmen.«

Bethany kichert, als sie hört, wie ich meinen Liebhaber als Angestellten bezeichne. Ich wette, sie erzählt es ihm brühwarm, wenn wir nach Hause kommen. Solange er im Bett Rache nimmt und nicht auf andere Art ... soll mir das recht sein.

Lady Lara wendet sich an die Giftexpertin. »Bethany, haben Sie für die Küchen Verbesserungsvorschläge?«

»Ja, eine ganze Menge.« Sie zieht ein zerknülltes Stück Papier aus der Tasche. »Ich hab hier eine Liste aufgeschrieben. Die mit Sternchen sind die wichtigsten Verbesserungsmöglichkeiten. Aber ehrlich gesagt, ist die Frage eher, *wann* ein neuer Giftanschlag unternommen wird, nicht *ob*. Die meisten Mitarbeiter in den Küchen wissen, woher die Lieferungen kommen. Das Essen wird in Räumen gelagert, die nicht abgeschlossen sind. Jeder könnte da rein und Gift beimischen.«

Lara seufzt. »Wie befürchtet. Ich werde meinen Assistenten Ihre Liste geben und würde Sie bitten, wiederzukommen, wenn die Änderungsvorschläge umgesetzt worden sind.« Ihr Lächeln bekommt jetzt einen bösen Zug. »Vielleicht sollten Sie eindrucksvoll demonstrieren, worum es geht. Nicht mit einem tödlichen Gift, aber schon mit einem, das einen bleibenden Eindruck hinterlässt.«

Mir wird fast etwas schwindelig. Sie will tatsächlich ihre Mitarbeiter vergiften lassen. Vielleicht sollte ich das auch einmal tun. Als Test. Oder lieber doch nicht. Bethany kennt sich mit Giften besser aus als ich, ihre Rache wäre sicher schmerzhaft.

Nach weiterem Ideenaustausch bezüglich der angestrebten Veränderungen lässt uns Lady Lara gehen. Ich fühle mich auf seltsame Art erschöpft. Zu viel Sozialleben. Ich brauche Zeit für mich, am besten beim Rennen.

»Geht ihr schon mal vor. Ich brauche Bewegung.«

Lennox wirft mir einen verständnisvollen Blick zu. »Ich wäre mit dabei, aber so kurz nach Vollmond wandle ich mich besser noch nicht.«

»Schon klar. Keine Sorge. Ich muss sowieso ein bisschen allein sein.«

Bethany grinst. »Zu viele Leute. Geht mir genauso. Diese Weiber in der Küche waren so unfreundlich, dass ich vielleicht aus Versehen den Zucker mit dem Salz vertauscht habe. Sie sollten froh sein, dass ich kein Gift reingetan habe. Glaub mir, die Versuchung war groß.«

Ich lache in mich hinein. Bethany hat viel Beherrschung gezeigt. Faszinierend. Vielleicht ist dies genau das, was sie gebraucht hat – eine Arbeit für andere Leute außer mir. Ich habe sie nicht wirklich im Griff. Sie macht, was sie will und befolgt Anweisungen nur, wenn für sie etwas dabei herausspringt. Das hier wird ihr guttun.

Ich nicke im Stillen. Es wird uns allen guttun.

* * *

Sobald ich die Stadt verlassen habe, wandle ich mich. Ich stöhne vor Vergnügen, als sich meine Gliedmaßen verlängern und das Fell durch meine Haut bricht. Mein Kopf fühlt sich leichter an, irgendwie einfacher, während sich meine Sinne schärfen und ich eins werde mit meiner Umgebung.

Ein Schnurren fährt aus meiner Brust. Die Abendsonne wärmt mein schwarzes Fell und ich bin versucht, mich einfach hinzulegen und ein Nickerchen zu machen. Eigentlich sollte ich bei Tageslicht noch nicht so herumlaufen, aber ich konnte mich nicht länger beherrschen. Ich habe meine innere Katze zu lange unterdrückt, jetzt musste sie wieder Freiheit schnuppern.

Meine Pfoten gleiten beinahe geräuschlos über das weiche Gras. Ich fahre meine Krallen aus und ziehe sie wieder ein, während ich so dahinlaufe, bewege auch diese Muskeln. Als Mensch verfüge ich nicht über sie, und ich merke immer erst in meiner Panthergestalt, wie gut es sich anfühlt, auch diese Fasern wieder zu trainieren. Zugegeben, es würde noch mehr Spaß machen, meine Klauen über den Körper eines Opfers zu ziehen, aber man kann nicht alles haben.

Ich beginne zu rennen, schneller, immer schneller, fliege über die Landschaft wie ein schwarzer Blitz. Der Wind spielt in meinem Fell, Erdklumpen schlagen mir ins Fell, der Geruch des Lebens erfüllt mich. Das ist himmlisch.

Ich achte kaum darauf, wohin ich laufe. Von der Stadt fort, über endlose Felder, über Wiesen und sumpfige Marsch. Jedes Mal, nachdem meine Pfoten die Erde berührt haben, fliege ich, schwerelos, frei. Nie fühle ich mich so frei wie als Panther. Vielleicht bin ich im Grunde ein Katzenwesen, und meine menschliche Gestalt ist nur Verkleidung. Eine Art Nebenprodukt der Experimente, die mit mir gemacht wurden.

Als ich den Waldrand erreiche, ist die Sonne schon hinter dem Horizont verschwunden. Die Luft ist kühler geworden, aber mein Pelz hält die Kälte ab. Mir ist im Gegenteil reichlich warm vom Laufen. Ich verlangsame meinen Gang zu einem Traben und betrete so den Wald.

Hunderte Vögel alarmieren einander durch Warnrufe, als ich den Wald betrete. Es ist alter Baumbestand, voller Moose und mit dicken Wurzeln. Ich bezweifle, dass viele Menschen hierher kommen. So, wie die Bäume hier auf natürliche Art gewachsen sind, ihre Stämme und Äste sich umeinander winden und in alle Richtungen zeigen, sind sie für kommerziellen Holzeinschlag wohl unbrauchbar.

Ich halte an und atme tief ein, diese Luft mit ihrer Fracht voller Gerüche. Vogelmist, Tierlosung, modrige Blätter. Und darüber die Noten von Blumen, dem frischen Duft eines nahen Baches, Blut.

Blut. Ich schnüffele erneut. Von einem Reh, wenn mich nicht alles täuscht.

Ich stakse in die Richtung, aus der ich den Geruch wahrnehme, alle Sinne gespannt. Die Vögel singen nicht mehr, als ob sie mit mir Ausschau hielten und abwarten wollten, was als nächstes geschieht.

Als ich näherkomme, kann ich Geräusche aus dem Unterholz vernehmen. Ein mitleiderweckendes Greinen, dem menschlichen Schluchzen vergleichbar. Bestimmt ein Reh. Und dann das grobe Lachen eines Mannes. Ich bleibe wie angewurzelt stehen. Ich sollte von keinem Menschen gesehen werden. Ein Panther im Wald würde für Aufregung sorgen. Panther leben in fernen Ländern, nicht hier. Als Kind wäre ich noch als große Hauskatze durchgegangen, aber diese Zeiten sind längst vorüber. Man kann mich jetzt mit nichts anderem mehr verwechseln.

Das Reh wimmert erneut. Es hat Schmerzen, aber der Mensch scheint nicht gewillt, ihm zu helfen. Ein Jäger, nehme ich an. Worauf wartet er? Töte es schon und geh nach Hause...

Ich knirsche mit den Zähnen und bewege mich weiter auf das Geräusch zu. Die Qualen des Rehs sind herzerweichend. Das arme Ding leidet.

Der Blutgeruch steigert meine Anspannung. Ich gehe in Jagdmodus, aber als ich sehe, was da abläuft, ist nicht mehr das Rehkitz meine Beute. Nein, das ist der Mensch, der mit dem verletzten Tier seine Spielchen treibt. Er hält ein Messer in den Händen und schneidet damit ein Muster in die Flanke des Tieres, Blut färbt das ansonsten hell gefleckte Fell rot. Er tut das nicht, um seine Familie mit Fleisch zu versorgen. Er foltert das Reh.

Nun bin ich als Auftragskiller ja einem bisschen Folter nicht abgeneigt, aber das hier ist nicht richtig. Hier soll nicht einem notorischen Verbrecher Benimm beigebracht werden oder ein unkooperativer Informant Informationen preisgeben. Hier geht es um ein unschuldiges Tier, das nichts verbrochen hat.

Ich knurre und werfe mich auf den Mann, so schnell, dass er nicht reagieren kann. Sein Messer fällt zu Boden, und ich werfe ihn um. Meine Klauen drücken gerade lange genug gegen seinen Hals, um die Angst in seinen Augen zu sehen, dann beiße ich zu. Ich reiße ihm die Kehle heraus und erfreue mich an dem schmatzenden Geräusch des Blutes, das aus seinem Hals strömt. Ich lecke meine Pfote. Menschenblut. Ich hatte vergessen, wie gut das schmeckt. Es war einer der Gründe, warum ich mich nicht gewandelt und nichts und niemanden getötet habe. Es macht mir Angst, wie gut mir das schmeckt. Ich reibe mein Gesicht an der Wunde. Der Mann lebt noch, das Herz pumpt, wenn auch kaum spürbar. Es wird bald mit ihm vorbei sein, und frisches Blut schmeckt so viel besser...

Das Rehkitz wimmert erneut und holt mich aus dem durch das Blut hervorgerufenen Trance-Zustand. Ich zwinge mich fort von dem sterbenden Mann und sehe mir das kleine Reh an. Es blutet, scheint aber nicht in Lebensgefahr zu sein.

Wäre ich eine richtige Katze, würde ich es töten. Nicht nur, um es von seinen Schmerzen zu erlösen, sondern weil das meiner Natur als Raubtier entspräche. Stattdessen lecke ich seine Wunden, weil mein Speichel die Wundheilung beschleunigen wird. Das Kitz hört mit dem Wimmern auf und starrt mich überrascht an. Es hat riesengroße Augen, schwarze Sterne, so niedlich. Oh je. Ein weiteres Tierkind hat es mir angetan. Meine Mitbewohner werden mich umbringen.

Ich seufze und fasse das Kitz vorsichtig bei seinem losen Nackenfell. Sieht so aus, als hätte ich ein neues Haustier.

ELF

Ich wache neben einer großen flauschigen Katze auf. Ryker muss sich irgendwann in der Nacht gewandelt haben. Warum zum Teufel? Das hat er doch noch nie getan.

Ich stoße ihn an, bis er mich mit seinen gelben Augen anblinzelt.

»Warum hast du dich gewandelt?«

Statt einer Antwort schnurrt er nur und schließt wieder die Augen. Wie entwaffnend niedlich. Obwohl es schon ein bisschen seltsam ist, nackt neben einer übergroßen Katze zu liegen. Ryker, der Mann und Liebhaber, der mich vergangene Nacht stundenlang verwöhnt hat, ist irgendwo darunter verborgen, unter viel zu viel Pelz. In meiner Panthergestalt habe ich längst nicht so dichtes flauschiges Fell wie er. Ist mir aber auch lieber. Auf diese Weise hinterlasse ich an Tatorten nicht so viele Beweisstücke.

Ich schaue auf die Uhr. Noch ein paar Stunden Zeit, bis ich im Rathaus erwartet werde. Ryker muss dafür auf jeden Fall wieder Menschengestalt annehmen, aber bis dahin lasse ich ihn in Ruhe. Hätte ich gestern nicht schon einige Stunden als Panther verbracht, würde ich es ihm gleich tun. So aber muss ich meine Kräfte für Notfälle schonen. Zu häufiges Wandeln zehrt an diesen Kräften und wird in kurzen Zeitabständen auch von Mal zu Mal schmerzhafter.

Ich rolle mich auf die Seite und streiche mit der Hand durch sein buschiges Fell. Er schnurrt wieder, ein so sonores Geräusch, dass es die Matratze erzittern lässt. Ich lächele und kraule ihn hinter den Ohren, so, wie er's gerne mag. Er hat mir schließlich gestern Abend die beste Massage meines Lebens angedeihen lassen, da kann ich mich jetzt ein bisschen revanchieren. Nur auf etwas unschuldigere Art und Weise.

»Kat, bist du auf?«, ruft Caitlin von unten hoch. Ächz, manchmal ist mein empfindliches Gehör eher eine Belastung.

Ryker stößt mit dem Kopf gegen meine Hand, will mich damit zum Aufstehen ermuntern.

»Du hast leicht reden«, grummele ich. »Du kannst schließlich weiter hier liegen und schlafen.«

Er grinst mich an, zeigt mir dabei seine scharfen Eckzähne.

»Mistkerl.«

Ich ziehe mich geschwind an und überlasse Ryker seinem Nickerchen. Caitlin und Lily sind in der Küche und essen etwas, das wie Porridge aussieht, aber nach etwas riecht, das ich nicht auch nur in die Nähe meiner Beißwerkzeuge bringen möchte. Wir brauchen unbedingt einen Koch.

»Morgen«, sagt Lily fröhlich. »Haben wir dich geweckt?«

»Nein, eine schnurrende Katze.«

Ich setze mich auf einen der Barhocker, den Bethany auf einem Flohmarkt erstanden hat, kurz nachdem wir hier eingezogen sind.

»Ist eine von denen in dein Zimmer gekommen?«, fragt Caitlin. »Hast du vergessen, die Tür zuzumachen?«

Ich verziehe das Gesicht. »Nein, ich habe ihn reingelassen. Aber er war noch keine Katze, als ich eingeschlafen bin.«

Ein verständnisvoller Blick huscht über ihr Gesicht. Wie schon so oft, bin ich erstaunt, wie ähnlich sie mir sieht – nur dass mein Gesichtsausdruck nie so leicht zu lesen sein wird.

Lily stellt eine Tasse Tee vor mich hin. »Das wirst du brauchen können.«

Ich sehe sie stirnrunzelnd an. »Wieso?«

»Wegen der Dinge, die Caitlin herausgefunden hat. Willst du auch was zu essen?«

Ich ziehe die Nase kraus. »Nicht, wenn es das ist, was ihr gerade esst.«

Lily seufzt. »Ist gar nicht so schlecht. Ich habe heute aufgepasst und den Topf rechtzeitig vom Herd gezogen. Ist kaum angebrannt.«

»Ich mach mir später was«, sage ich und denke dabei an meinen geheimen Katzenminze-Vorrat, an den ich mich ranmachen werde, sobald Lily wegschaut. »Caitlin, du hast das Rätsel gelöst?«

Sie nickt stolz. »Habe ich. War nicht so schwer, nachdem ich das Muster erkannt hatte. Die in dem Buch verwendeten Wörter gehören nicht zu einer fremden Sprache, da waren nur bestimmte Silben durch andere ersetzt worden. Wie bei einer Geheimsprache, bei der man einen Buchstaben durch einen anderen ersetzt, nur dass hier ganze Buchstabenkombinationen verwendet wurden, um es mehr wie eine andere Sprache aussehen zu lassen. Ganz schön schlau, aber ich bin dahinter gekommen. Nachdem ich die Botschaft in dem Buch lesen konnte, war der Rest ziemlich einfach.«

Ich nehme einen Schluck Tee und bin froh, dass Lily wenigstens *den* anständig hinbekommt. Ich hätte etwas mehr Milch hineingetan, sage aber nichts und lasse Caitlin weitersprechen.

»Es geht um einen Juwelenraub«, platzt sie heraus. »Den Raub eines Diamanten. Es wird bald eine Veranstaltung der Juweliers-Gilde geben, bei der ein großer, sehr wertvoller Diamant ausgestellt sein wird. einer von unschätzbarem Wert. Wir hätten bis ans Lebensende ausgesorgt.«

Ich muss schwer schlucken. Lady Lara hat den Ball erwähnt. Ich soll sie dorthin begleiten. Das könnte zu einem Interessenkonflikt führen.

»Also handelt es sich bei der mysteriösen Aufgabe um den Raub eines Diamanten?«, frage ich Caitlin.

Sie nickt eifrig. »Ja. Sie geben uns sogar wertvolle Hinweise, wo der Diamant aufbewahrt werden wird und sagen voraus, wie stark die Sicherheitsvorkehrungen sein werden. Sie werden den Diamanten übernehmen, wenn wir ihn gestohlen haben und uns dafür bezahlen. Das hört sich gut an, denn es dürfte schwierig sein, ein solch großes Juwel zu verkaufen, ohne Verdacht zu erregen.«

»Klingt wirklich nicht schlecht, aber warum stehlen sie ihn nicht selbst? Hast du eine Idee, wer dahinter stecken könnte?«

»Nein, nicht die geringste. Die Unterwelt von Attenburg? Obwohl ich das Gefühl habe, hier geht's weniger um Geld als vielmehr um ein Spiel. Vielleicht ist einem Mitglied der High Society langweilig geworden und der- oder diejenige wollte sich etwas amüsieren und sich gleichzeitig an einem armen Juwelier rächen. Aber wie gesagt, ich weiß es nicht. Keiner der von uns gefundenen Gegenstände enthält einen Hinweis auf denjenigen, der sie dort hinterlegt hat.«

Hmm. Interessant. Ich übernehme normalerweise keine Aufträge aus anonymen Quellen. Es ist zu leicht, jemanden einfach umbringen zu lassen, wenn man nicht einmal mit dem Mörder in Kontakt treten muss. Genau deshalb bin ich die beste. Ich bringe niemanden wahllos um. Nur Leute, die es verdient haben.

»Meinst du, wir sollten es tun?«, fragt Caitlin. Ihre Augen leuchten regelrecht vor Aufregung. Ganz klar, dass sie mit dieser wilden Jagd auf den Diamanten weitermachen will.

»Ich kann mich daran nicht beteiligen«, sage ich zögernd. »Ich werde auf der Veranstaltung sein und auf Lady Lara aufpassen. Und trage dabei ein Abendkleid. Ich werde wohl kaum Gelegenheit haben, zwischendurch Diamanten zu stehlen. Ich könnte dich aber einschleusen, vielleicht als meine Assistentin, oder dir irgendwo eine Tür öffnen.«

Caitlin verdreht die Augen. »Du brauchst mir keine Tür zu öffnen. Das kriege ich alleine hin.«

Womit sie natürlich recht hat. Ich vergesse manchmal, dass man sie auf ähnliche Art ausgebildet hat wie mich. Wir wurden darauf abgerichtet, als Waffe zu funktionieren. Verschlossene Türen waren für keinen von uns ein Hindernis.

»Ich will auch mitspielen«, unterbricht uns Lily. »Ich war noch nie an einem Raubzug beteiligt.«

»Hab ich hier was von Raubzug gehört?«, fragt Benjamin, als er in die Küche kommt. Er wird begleitet von drei Katzen, eine davon ist Nyx. Sie folgt ihm auf Schritt und Tritt. Ich glaube, sie ist heimlich in ihn verliebt.

»Ja, ganz richtig.« Caitlin erklärt schnell, was sie herausgefunden hat.

Je mehr er erfährt, umso glücklicher sieht Benjamin aus. »Ich mach mit. Ihr braucht schließlich einen Dieb, wenn die Sache klappen soll.«

»Ich kann so einen Diamanten alleine stehlen«, protestiert Caitlin, aber ich bringe sie mit einer Handbewegung zum Schweigen.

»Wenn du das tun willst, nimmst du Benjamin mit. Er ist als Dieb unübertroffen, du könntest von ihm noch etwas lernen.«

Caitlin sieht mich grimmig an, erwidert aber nichts.

Kluges Mädchen. Sie kann froh sein, dass ich sie so viel Spaß haben lasse. Ich wäre nämlich auch gern dabei. Ein Diamantenraub – ich liebe Diamanten, und besonders, sie zu stehlen. Es überrascht mich nicht, dass wir diese Aufgabe hier in Attenburg gestellt bekommen haben. Diese Stadt ist voll von reichen Leuten, die es sich leisten können, ein paar Juwelen herumliegen zu lassen.

Benjamin lächelt mich an. »Was machen wir hinterher damit? Willst du ihn wirklich an den Erfinder der Schatzsuche verkaufen?«

Ich zucke mit den Schultern. »Das habe ich noch nicht entschieden. Scheint mir ein bisschen langweilig, den einfach so auszuhändigen. Vielleicht behalten wir ihn auch selbst, lassen eine Weile Gras über den Raub wachsen und verkaufen ihn dann auf eigene Faust. Damit würden wir wahrscheinlich einen besseren Schnitt machen.«

Benjamins Grinsen wird immer breiter. »Das gefällt mir. Ich habe hier schon einige Kontakte geknüpft, die uns dabei helfen könnten. Oder noch besser – wir könnten ihn zu Hause verkaufen. Dort würde es nicht weiter auffallen. Und wir könnten die Katzen mal wieder besuchen.«

»Die Katzen?«, lache ich. »Ich wäre eher an meinen Schwestern interessiert.«

»Klar, die auch. Die zählen auch als Katzen.«

Der Kerl ist einfach komisch. Er ist zwar ein Mensch, würde aber sicher viel dafür geben, sich wandeln zu können. Jedenfalls danach zu urteilen, wie er sich den Katzen gegenüber verhält, die ihn regelrecht adoptiert haben - sie und er sind offensichtlich füreinander bestimmt.

»Wie geht's dem Rehkitz?«, frage ich, während er sich einen Kaffee macht.

»Die Wunden verheilen langsam. Sie hat die ganze Nacht auf meinem Bett gelegen und sich so wenig wie möglich bewegt. Sie hat wohl noch große Schmerzen. Ich werde jetzt etwas zu essen für Flöckchen besorgen. Braucht ihr was vom Markt?«

»Katzenminze?«

Lily stößt mir den Ellbogen in die Seite. »Du bekommst keine Drogen.«

Ich stöhne. »Aua. Wenn es keine Katzenminze gibt, dann bring halt ein bisschen langweiliges Zeug mit. Der Kühlschrank ist ziemlich leer.«

»Weil ihr so verfressen seid«, beschwert sich Lily. »Immer wenn ich etwas einkaufe, ist es am nächsten Tag verschwunden.«

»Wir sind schließlich eine ganze Menge Leute«, meine ich achselzuckend. »Und Katzen.«

»Wir sollten uns einen Garten zulegen und unser eigenes Essen anbauen«, meint Caitlin voller Begeisterung.

Wir anderen starren sie nur an. Einen Garten? Wer zum Teufel könnte auch nur im Traum daran denken, dass wir gute Gärtner sein würden? Sie ist verrückt. Will wahrscheinlich normaler sein, als es ihr je vergönnt sein wird. Puh. Normale Leute sind doch langweilig. Genau wie Gärtnern. Rasenmähen ist etwas anderes – da wird Gras in Rekordgeschwindigkeit umgebracht. Könnte man solch einen Mäher nicht auch für Menschen entwickeln? Lieber doch nicht. Dann wär's vorbei mit dem Spaß an einem gut erledigten Auftragsmord.

Ich schaue auf die Uhr. Wir müssen bald gehen. Ich sollte Ryker besser wecken.

Ich trinke meinen Tee aus und werfe einen sehnsüchtigen Blick auf den Schrank, in dem meine Katzenminze versteckt ist.

Lily kichert. »Ist nicht mehr da.«

»Wie bitte?«

»Ich hab sie an einen sicheren Ort gebracht, wo weder du noch die Katzenjungen in Versuchung geführt werden.«

Ich starre sie wütend an. »Du hast dich an meiner Katzenminze vergriffen?«

»Ja. Und du solltest mir dankbar sein. Dann wirst du nicht wieder so total aus der Rolle fallen.«

»Bin ich gar nicht«, murmele ich, noch immer verärgert. »Ich bin nur meinen Instinkten gefolgt.«

»Wie gesagt, du warst total von der Rolle. Ich werde sie für Notfälle aufheben. Wenn einer von uns stirbt, bekommst du welche zum Aufheitern.«

Benjamin räuspert sich. »Erwartet ihr in nächster Zeit irgendwelche Todesfälle?«

Lily zuckt mit den Schultern. »Man sollte immer vorausschauend denken und handeln.«

Ich hasse sie.

ZWÖLF

Bis ich an unserem Haus ankomme, ist es endgültig Nacht geworden, was mir Schutz vor neugierigen Blicken gibt. Dennoch haben mich sofort nach Erreichen der Stadt drei Katzen gegrüßt. Sie folgen mir seitdem auf den Fersen und werfen mir verächtliche Blicke zu. Sie wissen besser als ich, dass es nicht gut ist, Mitgefühl mit seinem Essen zu haben. Aber immer wenn das Rehkitz wimmert oder sonst einen mitleiderweckenden Laut von sich gibt, sticht mir das direkt ins Herz, ich kann es nicht ändern. Ich werde es in Sicherheit bringen.

Ryker empfängt mich an der Türschwelle.

»Ich war mir nicht sicher, was ich mit den Nachrichten anfangen sollte, die mir die Katzen übermittelt haben«, meint er glucksend. »Ich dachte schon, sie würden mich auf den Arm nehmen – aber nein, du trägst tatsächlich ein Reh im Maul, als wäre es ein Kätzchen. Was ist passiert?«

Ich kann natürlich nicht antworten, solange ich das Kitz zwischen den Kiefern eingeklemmt habe, also stolziere ich an ihm vorbei und schwinge dabei verführerisch mit den Hüften. Na ja, so in der Art jedenfalls. Bin mir nicht sicher, ob das verführerische Element des Hüftschwungs in meiner Panther-Gestalt so gut rüberkommt.

Ich gehe direkt in die Küche und lege das Kitz sanft auf die Fliesen. Lily würde mich umbringen, wenn ich auf dem Wohnzimmerteppich Blutspuren hinterließe. Sie hat Bethany beinahe erstochen, als Beth Tomatensauce darauf gekleckert hat. Blut würde wohl noch härtere Strafen nach sich ziehen.

Ich wandle mich wieder, bedauere aber beinahe sofort, dass ich wieder Mensch bin. Die Panther-Auszeit war wirklich zu kurz.

Ryker ist mir gefolgt, offensichtlich amüsiert.

»Ein Mensch hat es verletzt«, erkläre ich empört. »Ich konnte es doch nicht einfach so da liegen lassen.«

»Du hättest seinen Schmerzen ein Ende bereiten können«, erwidert er. »Was sollen wir hier mit einem Rehkitz anfangen?«

Benjamin stürzt in die Küche.

»Was ist...« Er sieht das Reh, und es ist schon fast komisch, wie Mund und Augen größer werden. »Ist das ein...?«

»Ja«, seufze ich. »Es ist ein Rehkitz. Und nein, das ist nicht unser Abendessen. Und ja, wenn du willst, kannst du es in deine Obhut nehmen, zusammen mit den jungen Katzen.«

Er starrt mich an. »Darf ich? Wirklich?«

»Ich kann mich wohl schlecht um ein Tierkind kümmern. Muss schließlich bei einer Bürgermeisterin den Babysitter spielen, das ist viel schwieriger. Wie hast du eigentlich erfahren, was los ist?«

Er grinst und deutet auf die weiße Pelzkugel, die sich an seinen Beinen reibt.

»Nyx hat mir gesagt, dass etwas vor sich geht. Ich habe nicht genau verstanden, was, aber es schien wichtig zu sein.« Benjamin zuckt mit den Schultern. »Ich dachte, du oder einer der anderen sei vielleicht verletzt. Aber das hier erklärt alles.«

Ich seufze erneut. »Ich versteh's auch nicht. Ich wollte nur einen erholsamen Sprint durch den Wald unternehmen. Stattdessen hab ich dieses Wesen jetzt am Bein. Hat jemand eine Idee, was Rehkitze essen? Fleisch? Katzenminze? Milch?«

Benjamin verdreht die Augen. »Wie gut, dass du es mir anvertraust. Ist es ein Mädchen oder ein Junge?«

»Ein Weibchen«, antwortet Ryker an meiner Stelle. »Ganz sicher. Ich erkenne den Geruch.«

Auch gut. Warum nicht. Er kennt sich mit weiblichen Gerüchen ja aus.

»Kannst du mit ihr sprechen?«, fragt Benjamin. »Oder funktionieren deine Tierflüsterer-Fähigkeiten nur bei Katzen?«

»Nur bei Katzenwesen. Aber ich bin sicher, dass das Kitz mittlerweile verstanden hat, dass es hier nichts zu befürchten hat, sie wird aber unsere Worte nicht verstehen. Rehe sind eben nicht so klug wie Katzen.«

Benjamin seufzt. »Das wäre auch zu einfach gewesen. Also muss ich ohne Dolmetscher klarkommen. Hat sie schon einen Namen?«

»Einen Namen?«

Sein Blick geht wieder himmelwärts. »Hatte ich mir schon gedacht. Du hast wirklich kein Händchen für Haustiere. Ich werde sie Flöckchen nennen.«

Schulterzucken. »Du bist für sie verantwortlich, nenne sie, wie du willst. Und pass auf, dass die Katzen nicht zu wild sind, wenn sie mit ihr spielen. Es wird eine Weile dauern, bis die Wunden verheilt sind.«

Benjamin nickt. »Ich werde sie vorläufig in meinem Zimmer unterbringen. Vielleicht hat Bethany ein paar Kräuter, die den Heilungsprozess beschleunigen. Oder du kannst die Wunden lecken.«

»Ich bin doch nicht Ivy!«

»Nein, aber dein Speichel ist trotzdem wirkungsvoller als der von Menschen.«

Ryker lacht wieder. »Ich liebe eure verbalen Rangeleien. Einfach süß.«

Ich sehe ihn böse an. »Ich rangele nicht verbal.«

»Doch. Könnten wir diese Unterhaltung woanders fortsetzen? Im Schlafzimmer zum Beispiel? Griffon und Lennox sind schon oben. Ich bezweifle, dass sie schon schlafen.«

Meine Eierstöcke ziehen sich lustvoll zusammen. Ich habe da auch meine Zweifel. Wir sind endlich einmal alle vier zur selben Zeit zu Hause. Das geschieht selten.

Eigentlich sollte ich das ausnutzen, bin aber auch müde vom Rennen.

Benjamin hebt das Rehkitz vorsichtig auf und verlässt ohne weiteres Wort den Raum. Ich glaube, er mag es nicht, wenn die Männer und ich zu intim werden. Ist mir recht. Ich schätze es, wenn meine Privatsphäre privat bleibt.

»Lass uns hochgehen«, meine ich seufzend. »Aber ich kann nichts versprechen. Ich brauche wirklich eine Pause.«

Ryker grinst mich an. »Vielleicht eine kleine Massage? Das macht dich doch immer wieder munter.«

Oh. Das ist ein vielversprechendes Angebot. Seine Massagen sind legendär. Wenn ich könnte, würde ich den ganzen Tag damit verbringen, von ihm durchgeknetet zu werden. Keine Ahnung wie er das gelernt hat, wo er ja den größten Teil seines Lebens als Katze verbracht hat, aber er vollbringt da wahre Wunder.

Er nimmt meine Hand und zieht mich aus der Küche. Wir hinterlassen eine kleine Pfütze mit Reh-Blut auf dem Boden; ein kleines Geschenk für denjenigen, der nach uns diesen Raum benutzen will. Nett von uns, oder? Die Bewohner dieses Hauses lieben schließlich Überraschungen, egal ob einen abgetrennten Kopf im Kühlschrank oder einen Stapel (nicht-) handelsüblicher Gifte.

»Übrigens hat sich Caitlin sehr bemüht, das Rätsel zu lösen«, erzählt er mir auf dem Weg nach oben. »Sie steht dicht davor. Ich glaube sogar, sie hat die Lösung schon, will aber absolut sicher gehen, um dich zu beeindrucken.«

Das ist doch toll. Meine kleine Schwester will mich beeindrucken. Ehrlich gesagt beeindruckt sie mich jeden Tag schon allein dadurch, dass sie sich ohne zu klagen an ein normales Leben anpasst. Sie nimmt anstandslos ihre tägliche Medizin, damit sie gesund bleibt und nicht mehr von der Meute beeinflusst werden kann. In einer Stadt voller Sirenen ist sie mental verwundbar und könnte dann zu einer Bedrohung für sich und andere werden; deshalb bin ich froh, dass sie in dieser Hinsicht keinen Aufpasser braucht.

»Ich werde morgen mit ihr sprechen. Die Bürgermeisterin braucht mich erst am Nachmittag, also habe ich den ganzen Vormittag Zeit für die Schatzsuche.«

Er lacht. »Lady Lara scheint Lennox sehr beeindruckt zu haben. Wenn ich nicht wüsste, dass du die einzige Frau in seinem Leben bist, würde ich glatt vermuten, er hätte sich ein bisschen in sie verliebt.«

Ich knurre. »Nicht möglich.«

»Keine Sorge, es ist wohl eher Bewunderung ihrer Professionalität. Es klingt so, als sei sie wirklich eine beeindruckende Frau.«

»So viel ist sicher. Keine Ahnung, wie sie es geschafft hat, so weit aufzusteigen, ohne ihre Menschlichkeit und Empathie zu verlieren. Sie ist keine normale Politikerin. Sie ist wirklich an allen Bewohnern dieser Stadt interessiert und will das Leben hier für jeden einzelnen verbessern – nicht nur für die Reichen und Mächtigen.«

»Das klingt tatsächlich nach einer seltenen Art von Politiker. Ich möchte sie unbedingt kennenlernen.«

»Wenn du willst, kannst du morgen mitkommen. Ich

habe ihr gesagt, ich würde ihr alle Mitglieder meines Teams vorstellen, also warum nicht morgen. Sie hat Lennox und Bethany schon kennengelernt; bei Lily bin ich mir nicht sicher, ob ich sie ihr vorstellen soll. Ihre Fähigkeiten sind nicht unbedingt für den Arbeitsbereich der Bürgermeisterin einsetzbar.«

Ryker schnaubt. »Es sei denn, sie will lernen, wie sie ihre Politiker-Kollegen becircen kann.«

»Darin braucht sie keinen Unterricht. Sie ist einfach umwerfend, intelligent, geistreich, witzig...«

Ich verstumme, als mir bewusst wird, wie sehr sich das nach Vernarrtheit anhören muss. Wie ein frisch verliebter Teenager. Nein, so etwas empfinde ich nicht für sie. Nein. Ganz bestimmt nicht.

Er sieht mich merkwürdig an. »Jetzt muss ich sie aber unbedingt kennenlernen. Sie muss schon etwas Besonderes sein, um dich so zu beeindrucken.«

Ich bemerke, dass wir vor meiner Schlafzimmertür angehalten haben. Ich mache den Schnüffeltest – keiner der anderen Männer ist da drin. Sie haben sich anscheinend in ihre eigenen Schlafzimmer zurückgezogen. Jetzt muss ich mich entscheiden, ob ich sie in meines einladen soll oder mich für eine ruhige, entspannte Solo-Nacht entscheide.

Ich rolle die Schultern und merke, wie verspannt ich bin. Das Rennen hat zwar geholfen, aber es hat an Bewegung noch nicht ausgereicht. Ich muss mich entspannen, und der Mann da neben mir kann mir auf perfekte Art dazu verhelfen.

»Du hast doch eine Massage erwähnt, oder?«,

murmele ich und öffne die Tür zu meinem Schlafzimmer, während ich ihn hinter mir herziehe.«

»In der Tat. Wo möchtest du sie gerne haben?«

Ich ziehe die Stirn kraus. »Auf dem Bett natürlich. Oder soll ich mich etwa auf den Boden legen?!«

»Ich dachte da weniger an den Ort hier im Zimmer.«

Er legt seine Hände um meine Hüften und zieht mich nahe an sich heran. »Ich könnte dich hier massieren...« Seine Hände wandern abwärts, bis sie meine Pobacken umschließen. »Oder hier« – er drückt zu, und ich hüpfe in die Höhe. Ryker lacht und bewegt seine Hände auf und ab an meiner Wirbelsäule entlang. »Oder nur deinen Rücken?«. Er lässt eine Hand zwischen meinen Schulterblättern und legt die andere um eine Brust. »Oder hier...«

Ich stöhne auf, als er beginnt, meinen Busen zu massieren. Die Brustwarzen werden hart und ich verachte mich dafür, dass ich so bereitwillig auf ihn reagiere. So bedürftig. Als ob ich ihn wirklich bräuchte, um mich gut zu fühlen. Was überhaupt nicht stimmt. Ich kann durchaus ohne ihn glücklich sein. Aber wo er schon mal hier ist und seine Hände über meinen ganzen Körper gleiten lässt...

Ich stelle das Denken ein und konzentriere mich ganz auf seine Berührung. Als das noch nicht ganz reicht, ziehe ich Hemd und BH aus und präsentiere mich ihm nackt, auf dass er mich wie ein Musikinstrument bespielen kann.

Er nimmt mich hoch und legt mich sanft aufs Bett. Irgendwie schafft er es, mir die Hosen herunterzuziehen, ich helfe nur mit ein paar Drehbewegungen nach. Jetzt liege ich nackt vor ihm, schutzlos und verletzlich. So viel Vertrauen habe ich zu ihm. Er ist einer von drei Menschen, die mich in dieser Position sehen dürfen. Ohne Waffen. Ohne Gifte. Mit nicht einmal einer tödlichen Haarnadel zur Hand. Nur ich selbst, ohne etwas zu verstecken.

Mir läuft ein Schauer über den Rücken. Das passt so gar nicht zu der Kat von früher. Wenn ich dort die Nacht mit einem Mann verbracht habe, zog ich nicht einmal alle meine Kleider aus. Und hatte immer ein Messer in Reichweite. Bei Ryker brauche ich meine Dolche nicht. Da zählt nur seine Berührung.

Er kniet sich auf dem Bett neben mich und beginnt, mir die Schultern zu massieren, findet dabei all die kleinen Knoten und Verhärtungen, die sich in den Muskeln in der vergangenen Woche gebildet haben. Er geht nicht gerade sanft vor, aber ich mag das so. Nicht auszudenken, wenn er diese Verspannungen nur wie ein Idiot streicheln würde.

Als er sich an meinem Körper abwärts bewegt, verhärten sich meine Brustwarzen wieder. Meine Schultern gehören nicht zu den erogenen Zonen, aber jetzt nähert er sich meinem Hintern, und das erinnert mich daran, dass er mein Liebhaber ist, dass ich nackt bin und er mich begehrt. Und ich ihn. Geduld, Kätzchen. Er soll erst mal seine Arbeit machen. In gewisser Weise ist dies das Vorspiel.

Er schiebt vorsichtig einen Finger zwischen meine Pobacken. Mir verschlägt es den Atem.

»Wie ist's mit dieser Stelle?«

Als ich nicht reagiere, dringt er weiter vor, bis er meine Nässe erreicht. Diesmal stöhne ich auf.

»Ich wusste, du möchtest da massiert werden«, gluckst er und schiebt einen Finger in mich hinein.

Ich entspanne mich. Ja, genau das habe ich gebraucht.

DREIZEHN

ady Lara hat mich mit der Schneiderin regelrecht in einen Hinterhalt gelockt. Ich hatte noch auf eine Galgenfrist gehofft, bevor ich mich in ein Nadelkissen verwandeln würde, hatte aber kein Glück. Wenn wenigstens Ryker hier wäre, um mir seelischen Beistand zu leisten. Aber er kommt erst später nach, musste noch ein paar Katzendinge erledigen.

Die Schneiderin ist eine groß gewachsene Frau, elegant in ein himmelblaues Seidenkostüm gekleidet, das viel Haut zeigt, aber die wichtigen Körperteile bedeckt hält. Ihr schwarzes Haar ist aufgebauscht zu einem Ding, das wie ein Einhorn aussieht. Sehr unpraktisch.

Lady Lara lächelt fies. »Ich habe Ihren Termin etwas vorgezogen, weil ich noch kurzfristig andere Arbeiten zu erledigen habe. Frau Tailleur wird sich um Sie kümmern. Wir haben schon besprochen, was Sie brauchen, also müssen Sie sich nur noch hinstellen und hübsch aussehen.«

Ich werfe ihr einen bösen Blick zu. Sie weiß sehr genau, dass ich das hier nicht freiwillig tue. Andere Leute mögen versessen darauf sein, als Teil ihrer Arbeit kostenlos Kleider geschneidert zu bekommen, aber zu denen gehöre ich nicht. Wenn es wenigstens ein Leder-Overall wäre, da würde ich vielleicht auch vor Freude schnurren. Meiner ist schon ziemlich abgewetzt, aber Leder ist teuer und es ist schwer, dafür einen Schneider zu finden, der keine blöden Fragen stellt. Es geht schließlich niemanden etwas an, warum ich Löcher im Kragen brauche – für meine Giftpeile – und eingenähte Futterale, für die vier Dolche.

»Wie schön, Sie kennenzulernen«, zirpt Frau Tailleur. »Lassen Sie uns in mein Studio gehen und Ihre Maße nehmen.«

Ich werfe Lady Lara noch einmal besagten Blick zu, den sie mit unschuldigem Lächeln quittiert. Diese Frau hat's faustdick hinter den Ohren. Aber auf nette Art und Weise.

Es stellt sich heraus, dass das »Studio« ein leeres Büro im dritten Stock ist, den die Schneiderin in ein improvisiertes Ankleidezimmer umfunktioniert hat. Stoffballen liegen auf den Schreibtischen. Die meisten in dunklen Farben, man zwingt mich also wenigstens nicht in Weiß oder Pink hinein.

Ein kleiner, glatzköpfiger Mann erwartet uns. Er trägt einen grünen Anzug und einen gelben Schal dazu, scheint sich in seiner Haut aber nicht ganz wohl zu fühlen. Als musste er in eine Rolle schlüpfen, die ihm nicht liegt.

»Das ist Stephan, mein Assistent«, stellt ihn Frau Tailleur vor. »Er ist neu, aber keine Angst, er wurde mir wärmstens empfohlen. Sie werden von keiner einzigen Nadel gestochen werden.«

»Das beruhigt mich«, antworte ich trocken. »Das mit dem Stechen mache ich auch lieber selbst.«

Sie sieht mich verwirrt an, setzt dann aber wieder ihr Lächeln auf und bedeutet mir, mich auf ein niedriges Podest in der Mitte des Raumes zu stellen. Zögernd folge ich ihren Anweisungen.

»Halten Sie ihre Arme etwas vom Körper weg, meine Liebe. Ich muss Ihre Taille sehen.«

Ich seufze und tue wie befohlen. Sie und Stephan umkreisen mich und inspizieren mich dabei von allen Seiten. Noch nie im Leben habe ich mich so unwohl gefühlt. Ihren bohrenden Blicken entgeht nichts, auch nicht die kleinste Unvollkommenheit. Ich habe das Gefühl, sie können meine Narben sogar durch die Kleider hindurch sehen. Diese Narben erzählen die Geschichte meiner Kindheit und Jugend; Erinnerungen, die für immer in meine Haut gefräst sind. Einige zeigen, wie dicht ich dem Tod schon war. Es gibt in meinem Nacken eine kleine Narbe von einem Messer, das dort meine Haut verletzt hat und beinahe in mein Rückgrat gedrungen wäre.

»Sie sehen gut aus«, meint Frau Tailleur mit ihrer zirpenden, fröhlichen Stimme. »Leicht auszustatten. Als Lady Lara gesagt hat, sie brauche ein Outfit für einen weiblichen Leibwächter, hatte ich eine stämmige, eher maskuline Person erwartet, aber Sie sind perfekt. Ich weiß genau, welches Kleid ich für Sie anfertigen werde.«

Ich wünschte fast, ich entspräche dem Bild, das sie vor unserem Treffen von mir hatte. Dann würde sie mir vielleicht einfach Hosen und T-Shirt machen statt eines Kleides.

»Nun schauen Sie mal nicht so finster, das wird Spaß machen!«

Ich lüpfe die Augenbraue. Spaß? Das bezweifle ich doch sehr. Eher eine Form von Folter. Eines der Dinge, die ich in meinem früheren Training lernte, war, dass psychische Folter oft viel effektiver ist als physische. Gliedmaßen kann man nur einmal abtrennen, aber den Geist kann man Stück für Stück brechen, sich dabei Zeit lassen, mit den Opfern spielen. Jetzt bin ich das Opfer, das man mit Kleidern foltert.

»Sie müssten sich jetzt ausziehen«, fährt sie fort. »Ich kann sonst ihre Maße nicht richtig nehmen. Stephan wird so lange den Raum verlassen, es sei denn, Sie möchten, dass er bleibt.«

Warum um alles in der Welt sollte ich das wollen?

Ich seufze. Sie deutet das als Zustimmung und gibt Stephan ein Zeichen, dass er sich entfernen soll. Er eilt aus dem Zimmer ohne sich umzuschauen. Ich wünschte, ich wäre an seiner Stelle. Ich will auch nicht hierbleiben.

Frau Tailleur sieht mich erwartungsvoll an. »Also, runter mit den Kleidern.«

»Könnten Sie nicht...?«

»Nein, dann stimmen die Maße nicht und das Kleid

passt nicht richtig. Ich habe einen guten Ruf und werde ihn nicht wegen Ihrer Schüchternheit aufs Spiel setzen.«

»Ich bin nicht schüchtern«, protestiere ich.

»Warum sind Sie dann noch nicht ausgezogen?«

Ich kann ein Knurren nicht unterdrücken. Ihre Augen weiten sich einen Moment lang, aber sie verliert nicht die Beherrschung.

Sieht so aus, als hätte ich keine Wahl. Ich ziehe mir das Hemd über den Kopf, löse die Stiefel von den Füßen und schäle mich aus meiner Cargo-Hose.

»Sie sind hübsch«, sagt sie, als sie mich von allen Seiten in Augenschein nimmt. »Sie sollten Kleidung tragen, die Ihnen mehr schmeichelt.«

»Ich bevorzuge Sachen, die praktisch und lange haltbar sind«, gebe ich zurück. »Alles andere behindert mich nur.«

Sie zuckt mit den Schultern, als sei dies halt der Preis, der man fürs schöne Aussehen zahlen müsse. Ich bin anderer Meinung, will diese Sache aber hinter mich bringen.

Frau Tailleur nimmt ein Bandmaß und misst die Länge von Armen und Beinen. Sie macht sich keine Notizen, ich vermute also, dass sie ein gutes Gedächtnis hat. Oder dies ist ein Teil der Folter und gar nicht nötig.

»Entspannen Sie sich«, sagt sie, nachdem sie meine Beine ausgemessen hat. »Sie sind ja steif wie ein Brett.«

In das könnte ich Sie auch verwandeln, Lady, aber als Leiche.

»Ich entspanne mich erst, wenn wir fertig sind.«, knurre ich. »Wie lange dauert das denn noch?«

»Solange es eben dauert. Ich werde Ihnen das schönste Kleid nähen, das Sie je gesehen haben. Während ich weiter Ihre Maße nehme, könnten wir darüber sprechen, was sie bevorzugen.«

»Ich darf da mitbestimmen?«

»Natürlich. Lady Lara hat mir ziemlich detaillierte Anweisungen gegeben, aber manche Dinge müssen wir noch entscheiden. Was ist ihre Lieblingsfarbe?«

»Rot. Blutrot. Oder schwarz.«

»Die gehen leider beide nicht«, meint Frau Quim mit leichtem Grinsen. »Schwarz trägt man nur zu einer Beerdigung und rot wäre zu auffallend. Sie sollten schließlich nicht mehr Aufmerksamkeit auf sich lenken als die Mitglieder der High Society. Das könnten die sonst übelnehmen. Als Lady Laras Leibwächterin müssen sie sich ins Bild einfügen, gleichzeitig aber auch die Autorität und Position der Bürgermeisterin widerspiegeln. Das wird nicht einfach, aber deshalb habe ich ja den Auftrag erhalten. Ich bin die beste.«

»Sie sind überhaupt nicht eitel«, schnaube ich.

»Ich sage nur die Wahrheit. Sie können jeden hier in der Stadt fragen, wer die beste Schneiderin ist, sie werden immer meinen Namen genannt bekommen. Wie wär's mit grün?«

Ich zucke mit den Schultern. »Besser als pink oder gelb.«

»Ich denke da an ein dunkles Grün, smaragdgrün, mit einigen Streifen in einem helleren Ton, vielleicht olivgrün. Einen Kragen in algengrün, der mit kleinen Edelsteinen besetzt ist.

»Mit Edelsteinen? Meinen Sie das im Ernst?«

Sie lacht. »Die sind in dem Budget, das mir Lady Lara bewilligt hat, durchaus enthalten. Und jetzt sagen Sie mir noch, was Sie bezüglich Ihres Jobs noch brauchen. Ich nehme an, Sie bringen Waffen mit?«

Ich nicke. »Ich muss schnell an meine Messer herankommen. Ich habe Futterale, die ich mir um die Oberschenkel und Unterarme binden könnte, aber ich bräuchte dann Schlitze im Kleid, damit ich sie schnell erreichen kann. Ich möchte auch ein paar Giftpfeile mitnehmen. Die müssten gut unter dem Kragen in einem dicken Saum zu verstecken sein.«

»Kein Problem. Brauchen Sie Taschen?«

»Taschen?«, meine Laune hellt sich sofort auf. »Sie können Taschen in das Kleid einnähen?«

Frau Tailleur lacht erneut. »Klar doch. Ich mache nicht zum ersten Mal ein Kleid, das mehr ist, als es nach außen zu sein scheint. Neulich habe ich mit einem neuartigen Stoff experimentiert, der angeblich stichfest ist. Ich habe ihn für das Oberteil von Lady Laras Kleid verwendet, das sie am Freitag tragen wird. Mit ein bisschen Spitze verziert sieht es aus wie ein ganz normales Kleid.«

Das ist überraschend schlau. Und gut zu wissen, dass sich Lady Lara zu ihrem Schutz nicht nur auf mich verlassen muss. Das Kleid wird sie nicht vor einem Giftanschlag oder einem Messer an der Kehle schützen, aber es ist ein Anfang.

Die Schneiderin piekst und misst mich weiter, lässt mich die Arme in merkwürdige Stellungen verrenken und behält dabei jeden Zentimeter von mir im Auge. Ich hasse es. Wenn mich Lady Lara nicht so gut bezahlte, würde ich schreiend weglaufen. Oder die Schneiderin umbringen. Eher beides.

Als sie endlich fertig ist, atme ich erleichtert auf. Nachdem ich meine Kleider wieder angezogen habe, ruft Frau Tailleur Stephan wieder herein. Er macht den Eindruck, als fühlte er sich noch unwohler als vorher. Mit diesem Mann stimmt irgendetwas nicht, aber ich kann nicht genau sagen, was. Vielleicht liegt es nur daran, dass ich den Umgang mit Schneidern nicht gewöhnt bin und normalerweise auch nicht begutachtet werde wie ein Schaf, das man zur Schlachtbank führt; aber ich habe gelernt, auf meine Instinkte zu vertrauen.

Frau Tailleur winkt mich zu den stoffbeladenen Tischen heran.

»Welcher gefällt Ihnen? Was den Stoff angeht, nicht die Farbe. Sie sind selbstverständlich alle von höchster Qualität, aber manche Leuten mögen diesen hier zum Beispiel nicht, weil er zu sehr an der Haut anhaftet.«

Ich lasse alle Stoffe, die sie mir zeigt, durch die Finger gleiten und komme mir dabei etwas blöd vor. Sie steckt so viel Arbeit in ein einziges Kleidungsstück, das vielleicht nur ein- oder zweimal getragen wird. Verdienen Leute wie sie auf diese Art ihren Lebensunterhalt? Ich würde vor Langeweile eingehen. Die Stoffe interessieren mich eigentlich nicht weiter, ich lege die Hand also auf einen, der mir am nächsten liegt.

»Diesen da.«

Sie zieht ihre perfekt geschwungenen Augenbrauen

nach oben. »Sind Sie sicher? Dieser Stoff ist ziemlich durchsichtig, besonders bei hellem Licht.«

»Ähm, ich meinte diesen da.« Ich deute auf einen dunkelgrünen Stoff neben dem erstgenannten, der etwas stabiler aussieht. Wieso merkt diese Frau nicht, dass mir all das völlig gleichgültig ist. Solange ich zu dieser Veranstaltung nicht nackt oder in Unterwäsche erscheinen muss, ist mir alles recht. Ja, ich werde immer noch schlecht gelaunt sein und meckern, aber letzten Endes ist es doch egal, was ich anhabe. Es geht um Lady Laras Sicherheit.

Frau Tailleur nickt. »Dann nehmen wir diesen. Wir begleiten Sie noch zurück zu Lady Lara, und dann mache ich mich gleich an die Arbeit.«

Welche Freude!

Vierzehn

Lady Lara sieht gelangweilt aus, aber ihr Blick hellt sich sofort auf, als wir eintreten.

»Alles erledigt?«, fragt sie. Ich verdrehe die Augen, aber Frau Tailleur nickt begeistert.

»Ich mache ihr das schönste Kleid, das Sie je gesehen haben. Schön, praktisch, modulierend.«

»An mir muss nichts moduliert werden«, murmele ich. »Ich bin gut so, wie ich bin.«

»Ja, schon gut«, meint die Schneiderin abwehrend. »Wenn ich jetzt nichts weiter für Sie tun kann, mache ich mich am besten gleich auf den Weg in mein Studio und fange an, das Kleid zu entwerfen.«

»Verzeihen Sie, sagt Stephan plötzlich. »Ich glaube, ich habe vergangene Woche einen Fehler gemacht, als ich bei Ihnen Maß genommen habe. Darf ich Ihren Arm bitte noch einmal nachmessen?«

Lara runzelt die Stirn, nickt dann aber. »Gut, machen Sie, ich wollte sowieso gerade meine Arbeit beenden.«

Er senkt den Kopf und tritt auf sie zu, zieht dabei ein Maßband aus der Tasche. Frau Tailleur sieht ihn verwirrt an. Das entgeht mir nicht, meine Instinkte sind aufs Äußerste gespannt. Hier ist etwas faul.

Blitzschnell bin ich an Lady Laras Seite, bevor Stephan sie berühren kann.

»Fass sie nicht an«, knurre ich.

»Was ist l...«, protestiert Lara, aber ich unterbreche sie. Ich reiße Stephan ohne Zögern das Band aus der Hand, bin schneller als ein Mensch es eigentlich sein kann. Ist mir egal, sie ist in Gefahr. Das spüre ich von den Zehen bis in die Haarspitzen.

Stephan erstarrt, seine Augen sind weit geöffnet. Er scheint nicht zu wissen, was er als nächstes tun soll. Ich nutze seine Unentschlossenheit und ziehe Lady Lara von ihm fort. Ich schiebe sie hinter mich, weg aus der Gefahrenzone, und sehe mir dann das Maßband genauer an. Es riecht merkwürdig, obwohl es noch in der Plastikhülle steckt.

Ich lasse es aufrollen und achte darauf, die Enden nicht zu berühren. Stephan trägt keine Handschuhe, es dürfte also ungefährlich sein, das Metallende in der Hand zu halten. Ich rieche an dem Band. Verdammt.

Ich lasse es auf den Boden fallen und stakse auf Stephan zu, lege ihm die Hand um den Hals.

»Warum?«, fauche ich.

Seine Augen treten hervor, bis sie fast aus ihren Höhlen zu springen scheinen. Er antwortet allerdings nicht. Seine Lippen sind zu einer dünnen Linie zusammengepresst, aber er sieht nicht so aus, als würde er lange Widerstand leisten. Er wird unter ein bisschen Druck schnell zusammenbrechen.

»Was geht hier vor sich?«, fragt Lady Lara scharf.

»Er hat versucht, Sie zu vergiften«, knurre ich, während ich Stephan für alle Fälle auf Waffen abklopfe. »Das Maßband ist mit Silbermond benetzt. Ein Kratzer in Ihrer Haut, und Sie würden zehn Stunden später an der Himmelspforte anklopfen. Und da die Symptome dieser Art von Vergiftung nicht eindeutig zuzuordnen sind, hätte es niemand herausgefunden.«

Ich packe seine Kehle noch fester. Er schnappt nach Luft. Ich lasse ihn eine Weile zappeln. Er ist zwar ungefähr so groß wie ich, verfügt aber nicht über meine Kräfte. Er kann von Glück sagen, dass ich meine Klauen nicht ausgefahren habe. Ich würde sie ihm zu gern über die Haut ziehen, ihn bluten lassen, aber heute habe ich ein Publikum, das meine wahre Natur nicht kennt.

»Warum?«, wiederhole ich. »Du hast genau zehn Sekunden Zeit, mir zu antworten, bevor ich dir den Schwanz abschneide.«

Seine Lippen zittern. Erbärmlich. Wenn du schon jemanden umbringen willst, solltest du wenigstens dazu stehen.

»Zehn, neun, acht.«

»Sag's ihr, oder ich spieße dich persönlich auf«, ruft die Schneiderin. »Ich habe hier einen Vorrat an Stricknadeln, das könnte schmerzhaft werden.«

Sie steigt dadurch in meiner Achtung erheblich.

Schock und Wut über den Verrat ihres Assistenten stehen ihr ins Gesicht geschrieben. Selbstverständlich werde ich sie näher unter die Lupe nehmen müssen um auszuschließen, dass sie seine Komplizin ist und um herauszufinden, ob sie einen Grund haben könnte, der Bürgermeisterin zu schaden. Aber fürs erste nehme ich an, dass Stephan allein gehandelt hat.

»Sieben, sechs, fünf, vier.«

Eine Träne rinnt ihm über die Wange. Zum Kotzen. Der verdient den Titel Auftragskiller kein bisschen. Er ist ein Schwächling, der ein bisschen mit Gift herumgespielt und sein Ziel verfehlt hat. So erbärmlich. Er verdient es, dafür leiden zu müssen.

»Drei. Zwei.«

Ich ziehe ein Messer aus dem Gürtel und drehe es in der Hand, zeige ihm dabei, wie scharf es ist. Mit einem stumpfen Messer würde die nächste Runde zwar mehr Spaß machen, es wirkt aber als Drohung nicht so gut.

»Ich...«, stammelt er, entscheidet sich dann aber wieder anders und presst die Lippen zusammen. Idiot.

Ich ziehe ihm das Messer über die Wange, zeichne dort eine rote Linie. Ein einzelner Blutstropfen fällt auf sein Hemd und hinterlässt einen roten Fleck auf dem makellosen Stoff.

»Eins.«

Sein innerer Kampf ist nur allzu offensichtlich. Schweißperlen haben sich auf seiner Stirn gebildet und nässen seine Achselhöhlen, die zu stinken beginnen. Nur noch ein kleiner Schubs, dann wird er brechen. Das Problem ist, dass solche Schwächlinge auf zwei verschiedene Arten brechen können – entweder geben sie klein bei und erzählen alles, was du wissen willst oder sie drehen durch, erleiden einen Nervenzusammenbruch und machen etwas Dummes. Ich bin mir noch nicht sicher, zu welcher Gruppe Stephan gehört.

»Gut, das war's, die Zeit ist abgelaufen. Du hattest deine Chance. Meine Damen, würden Sie ihm bitte die Hosen runterziehen? Ich sehe immer gern, wo ich schneide, dann ist die Schweinerei nicht so groß.«

»Könntest du das draußen erledigen?«, fragt Lady Lara, als handele es sich um etwas völlig Alltägliches. »Der Teppich ist frisch gereinigt.«

»Gibt es hier in der Nähe ein Badezimmer?«

»Um die Ecke. Ich werde dafür sorgen, dass man euch nicht hört, auch wenn er schreien sollte.«

Ich finde es toll, mit welcher Leichtigkeit sie mitspielt. Ihre Stimme ist vollkommen ruhig und gefasst. Und mir ist natürlich nicht entgangen, dass sie mich zum ersten Mal geduzt hat. Die perfekte Komplizin. Wirklich schade, dass sie eine Karriere auf der anderen Seite des Gesetzes eingeschlagen hat.

»Stephan, jetzt sag schon«, fleht Frau Tailleur ihn an. »Mach's nicht schlimmer, als es so schon ist.«

Ihr ist wohl noch nicht klar, dass ihr Mitarbeiter dieses Haus nicht lebend verlassen wird. Auch wenn Lady Lara dafür plädieren sollte, ihm eine faire Verhandlung zu gewähren, werde ich das nicht zulassen. Unfälle passieren ständig, auch auf dem Weg zur Polizei. Oder Gefangene bringen sich in ihrer Zelle selbst um. Wäre nicht das erste Mal, dass ich dafür gesorgt hätte, dass Gerechtigkeit geschieht. Dieser Mann ist eine Gefahr für andere, und allein durch seine Inkompetenz könnte er Lady Lara künftig Schaden zufügen. Als Killer ist er so schlecht, dass das schon wieder sein Gutes hat – seine Dummheit macht es schwerer, vorherzusehen, was er als nächstes tun wird.

»Ich...«

Ich seufze. »Hast du deine Zunge verschluckt?«

»Ich wurde bezahlt«, flüstert er. Der Schweiß läuft ihm mittlerweile übers Gesicht und hinterlässt auf seinen Wangen Spuren. Igitt. »Sie haben mich dafür bezahlt, dass ich es tue.«

»Wer?«, will ich wissen.

»Geht dich nichts an.«

Ich zücke mein Messer und fahre damit über die andere Wange. Er zieht die Luft ein, schreit aber zu meiner Überraschung nicht auf. Er kämpft auch nicht mehr, ist seltsam ruhig. Merkwürdig, nach all dem Gezeter zu Beginn.

»Was geht hier vor sich«, fauche ich. »Sag mir's, oder es ist um dein gutes Stück geschehen.«

»Ist sowieso winzig, kein großer Verlust«, meint Frau Tailleur verächtlich von hinten. Sie scheint da Erfahrungen aus erster Hand zu haben.

Stephans Lippen verziehen sich zu einem Lächeln. Seine Augen sind nicht länger geweitet, aber seine Pupillen so vergrößert, als hätte er Drogen genommen. Hier geschehen merkwürdige Dinge, und ich habe keine Ahnung, worum es geht. Das frustriert mich, was auch bedeutet, dass ich mich ablenken lasse. Das ist immer schlecht. Ich muss mich konzentrieren und aufmerksam bleiben. Er hatte keine offen sichtbaren Waffen bei sich, aber vielleicht sollte ich ihn entkleiden, um ganz sicher zu sein.

»Lasst ihn uns ins Badezimmer schaffen«, verkünde ich. »Will doch mal sehen, wie groß sein Wurmfortsatz wirklich ist.«

»Große Worte«, sagt er leise. Ich starre ihn an. Sein Gesichtsausdruck hat sich innerhalb von Sekundenbruchteilen völlig verändert. Als hätte jemand anderes übernommen. Sein Blick ist viel intensiver, starr auf mich gerichtet.

»Hallo, kleines Kätzchen«, flüstert er schmeichlerisch. Selbst seine Stimme hat sich verändert, ist glatter, fast schon erotisch. »Ich hatte eigentlich nicht vor, so bald schon zu übernehmen, aber der hier ist einfach in seine Einzelteile auseinandergefallen.«

Ich verstärke meinen Griff um seinen Hals noch und schiebe ihn gleichzeitig weiter weg von mir. »Wer bist du?«

»Eine Partei mit gewissen Interessen. Mehr wirst du nie erfahren. Es ist Zeit, dass Stephan seinen Job erledigt, bevor du ihn verhackstückst.«

»Ich habe ihm das Band abgenommen. Er hat keine Waffen, die Bürgermeisterin ist sicher.«

Stephan – oder wer immer durch ihn spricht – lacht. »Ich hatte auch nicht vor, der Bürgermeisterin zu schaden.«

Er erschlafft plötzlich und überrascht mich damit. Ich stolpere nach vorne, von seinem Gewicht nach unten gezogen, was er zum Anlass nimmt, mich mit dem rechten Fuß zu treten. Ein stechender Schmerz durchzuckt mein Schienbein. Das ist nicht der normale Schmerz, der beim Aufprall von Schuh gegen Bein entsteht. Das hier ist mehr. Ich merke, wie meine Hose nass an meiner Haut klebt. Ich blute.

Ich lasse Stephan los und springe zurück, um mir den Schaden anzusehen. Eine kurze Klinge schaut aus seinem Schuh heraus, mit meinem Blut verschmiert. Der verdammt Mistkerl hat mich geschnitten. Aber die Verletzung kann nicht tief sein, bei der kurzen Waffe. Tut aber gemein weh. Hitze zieht sich mein Bein hinauf, ein merkwürdiges Feuer, das wehtut und brennt. Ich schnappe nach Luft, als es mein Becken erreicht und dann im anderen Bein hinabwandert. Ich bäume mich auf vor Schmerzen und sinke dann zu Boden. Unsichtbares Feuer verschlingt meine Haut, mehr und mehr, bis es sich auch in Brustkorb und Rücken ausbreitet.

Ich kann den Schrei nicht länger unterdrücken. Die Schmerzen sind zu groß. Ich schreie meine Qual hinaus, während Stephan anfängt zu lachen.

»Du hättest keinen so öffentlichen Job annehmen sollen. Es war leicht, dich zu finden.«

Ja, das bedauere ich gerade aufs Tiefste. Ich stöhne, als der Schmerz durch meine Arme läuft. Das Messer fällt mir aus der Hand, landet nutzlos auf dem Teppich.

»Was machst du mit ihr?!«, ruft Lady Lara aufgebracht. »Hör sofort damit auf!«

»Werde ich nicht«, sagt Stephan leicht dahin. »Sie werden sofort sehen, warum. Es werden Dinge zu Tage treten, die Sie meiner Meinung nach wissen sollten.«

»Frau Tailleur, verlassen Sie den Raum. Holen Sie die Wachen«, befiehlt Lara.

Mittlerweile bin ich zu schwach, um mich soweit aufzurichten, dass ich sehen kann, was vor sich geht. Der Schmerz ist allumfassend, frisst mich von innen her auf. Er hat meinen Hals erreicht, erschwert mir das Atmen. Es fühlt sich an, als würde das Fleisch in meiner Kehle anschwellen und mir die Luftröhre zudrücken. Wenn ich jetzt nichts tue, werde ich ersticken. Aber ich kann mich nicht bewegen. Ich kann es nur aushalten und hoffen, dass es bald vorbei sein wird.

Die Tür schlägt zu, ich vermute, die Schneiderin ist gegangen.

»Ich weiß, was sie ist«, erklärt Lady Lara laut. »Deshalb habe ich sie eingestellt. Du wirst mir nichts sagen, was ich nicht schon weiß.«

Wenn ich nicht sowieso schon keine Luft bekäme, würde es mir jetzt vor Überraschung den Atem verschlagen. Wie zum Teufel weiß sie das?

»Dann sollte ich Sie vielleicht auch töten, Bürgermeisterin«, erwidert Stephan kalt. »Ich hatte gedacht, sie seien in dieser Sache unschuldig. Sollte sich herausstellen, dass sie *die* insgeheim unterstützen, müsste ich dagegen vorgehen.«

»Die?«, fragt Lara scharf.

»Sie wissen es also nicht. Oder doch? Egal, das werde ich in einer Minute wissen.«

Wovon zur Hölle spricht er? Es sei denn...

Früher bei der Meute haben sie manchmal einen von uns so gequält, dass wir uns unfreiwillig gewandelt haben.

Das passiert nicht bei allen, aber bei manchen ist es ein eingebauter Verteidigungsmechanismus. Mir ist es nie passiert, auch nicht, wenn ich dem Tod sehr nah kam oder große Schmerzen hatte; aber es klingt, als warte er genau darauf. Da muss ich ihn enttäuschen. Ich wandle mich nur, wenn *ich* es will, diese Genugtuung werde ich ihm nicht verschaffen.

Jemand zieht mir die Fingernägel heraus. Fühlt sich zumindest so an. Ich schreie und krümme mich zu einer Art Kugel, aber jede Bewegung bereitet mir höllische Qualen. Ich soll hier den Aufpasser spielen, den Beschützer, und liege auf dem Boden, krümme mich vor Schmerzen, während die Frau, die mich zu ihrem Schutz eingestellt hat, über mir Wache hält. Jedenfalls hoffe ich das. Sie steht hinter mir, und ich habe nicht die Kraft, mich umzudrehen und nachzusehen, was sie tut.

»Ist es ein Gift?«, fragt sie.

Ja, will ich antworten, kann aber kaum atmen, geschweige denn sprechen. Jeder Atemzug schmerzt mehr als sein Vorgänger.

»Sicher doch. Es hätte auf Sie allerdings keinerlei Wirkung. Es funktioniert nur bei besonderen ... Leuten.«

»Wandlern, wollten Sie sagen.«

Verdammt. Sie weiß es wirklich.

»Das überrascht mich«, sagt der Mann – ich will ihn nicht länger Stephan nennen, denn es ist definitiv jemand anderes – in seiner melodischen Stimme. Ich könnte wetten, dass er ein Siron ist. Und ein mächtiger dazu, wo er Stephan aus so großer Entfernung kontrollieren kann. Andererseits hat Stephan zugegeben, dass er dafür bezahlt wurde, es könnte also leichter sein, das Opfer zu kontrollieren, wenn es zuvor einen Anreiz bekommen hat, Befehlen zu gehorchen.

»Sie fänden viele Dinge überraschend«, erwidert Lady Lara kalt. »Wussten Sie zum Beispiel, dass ich vor kurzem neue Sicherheitsvorrichtungen habe installieren lassen? Sehr spezielle Sicherheitstechnologie. Es hat lange gedauert, bis ich den entsprechenden Hersteller gefunden hatte. Ich musste ihn aus der Hauptstadt hierher bringen, aber es hat sich gelohnt.«

So sehr ich ihr gerne weiter zuhören möchte, so sehr umnebelt sich mein Bewusstsein. Mein Gehirn bekommt nicht genug Sauerstoff. Mein Körper hat schon in Tiefschlafmodus geschaltet, der vom Tod gefolgt sein wird, wenn nichts gegen dieses Gift unternommen wird. Ich habe immer einige Gegenmittel bei mir, aber nichts gegen diesen Stoff, den man mir da verabreicht hat. Ich kann nur noch auf ein Wunder hoffen.

Oder, wie sich herausstellt, eine sehr schlaue Bürgermeisterin.

FÜNFZEHN

Kurz bevor mich die Dunkelheit, die sich an den Rändern meines Bewusstseins gebildet hat, ganz verschlingt, höre ich einen leise summenden Ton. Ich bezweifle, dass die Bürgermeisterin ihn hören kann. Ich möchte sie davor warnen, was immer der Siron als nächstes geplant hat, aber ich muss meine ganze Energie darauf verwenden, überhaupt bei Bewusstsein zu bleiben. Ich bin schon so weit abgedriftet, dass ich kaum noch Schmerzen verspüre.

»Schon besser«, murmelt Lady Lara, deren Stimme wie in weiter Ferne klingt. »Sag schon, Stephan, wo hast du das Gegenmittel? Ich bin mir sicher, dass nicht einmal du so dumm wärst, Gift ohne ein Gegenmittel mit dir herumzutragen.«

»Ich…«, stammelt er, wieder sein altes Selbst.

Was ist mit dem Siron, der ihn kontrolliert hat? Ist er fort?

Ich höre, wie Lara mein Messer vom Boden aufhebt. Ich stelle mir vor, wie sie es an Stephans Hals hält oder vielleicht in seinen Schritt.

»Raus mit der Sprache«, faucht sie und versucht nicht einmal mehr, ruhig zu erscheinen. »Sofort.«

»Ein Pflaster in meinem Nacken«, wimmert er. Er hat Schmerzen; sie muss ihn geschnitten haben. »Er hat gesagt, das Gift würde mir nichts tun, aber mir würde vielleicht etwas übel werden, wenn ich damit in Kontakt käme, deshalb hat er mir das Pflaster auf die Haut geklebt.«

»Dann bete zu welchem Gott auch immer, dass noch genug von dem Gegenmittel auf dem Pflaster drauf ist«, faucht die Bürgermeisterin.

Ich würde gern darüber lächeln. Was für eine tolle Frau. Sie versteckt sich hinter der Fassade der Politikerin, aber tief im Innern ist sie eine Kämpfernatur und tut einfach, was nötig ist.

Die Dunkelheit überrollt mich. Ich hoffe, sie hat ihm den Schwanz abgeschnitten.

Schmerzen in meinem Bein sind das erste Gefühl, das mein müder Kopf wieder zulässt. Dazu gesellt sich der starke Eindruck, in Sicherheit zu sein. Dieses Gefühl habe ich nicht sehr oft. Wenn ich mit den Männern zu Hause bin, dann ja, aber bis ich sie kennenlernte, bis ich mich von der Meute befreit hatte, kannte ich die Bedeutung dieses Wortes nicht.

»Bist du wach?«

Ihre tiefe, weiche Stimme schwappt über mich wie Heilwasser.

Ich stöhne als Antwort.

»Ich weiß, dass du Schmerzen hast, aber besser, als tot zu sein, nicht? Positives Denken, das ist mein Leitmotiv. Egal, wie schlimm die Dinge stehen. Immer daran denken, dass am nächsten Morgen die Sonne wieder aufgeht, auch wenn die Nacht ewig zu dauern scheint.«

Ich hätte jetzt lieber ein Schmerzmittel an Stelle von philosophischem Geschwafel.

»Ich habe nach Bethany geschickt«, fährt sie fort. »Dieses Pflaster scheint dich vom Abgrund zurückgeholt zu haben, wird dich aber wohl nicht vollständig heilen. Das wurde ja schließlich für Menschen gemacht.«

Ich öffne die Augen. Das kostet mich so viel Energie wie sonst das Erklimmen eines Hauses.

»Wie?«, krächze ich. Meine Stimme ist kaum hörbar. Meine Kehle fühlt sich an, als sei sie mit Säure ausgepinselt worden.

»Wie ich es geschafft habe, den Siron zu vertreiben?«

Ich nicke schwach.

»Ich habe schon vor Jahren die Sache mit den Sirenen herausgefunden. Das war der Grund, warum ich in die Politik gegangen bin. Ich wusste, dass sie das Sagen hatten und wollte uns normal Sterblichen die Chance geben, uns selbst zu regieren. Natürlich habe ich immer so getan, als wüsste ich von nichts, egal wie oft sie versuchten, aus mir herauszubekommen, was ich wusste. Als ich zur Bürgermeisterin gewählt wurde, habe ich jemanden mein Büro mit Sirenen-Abwehr-Technologie ausstatten lassen. Frag mich nicht, wie sie funktioniert, davon habe ich keine Ahnung.« Sie lacht, ein angenehmes Geräusch, das meine Schmerzen ein kleines bisschen schwinden lässt. »Ich bin ganz froh, so viel Zeit und Geld in diese Maßnahmen investiert zu haben. Ehrlich gesagt war ich mir nicht sicher, ob es überhaupt funktionieren würde, weil es sich um einen Prototyp handelt.«

Wenn es mir besser geht, werde ich sie um die Kontaktdaten desjenigen bitten, der ihr diese Technik eingebaut hat. So etwas brauche ich auch. Wer auch immer mich töten wollte, wird es wieder versuchen. Heute, morgen, bald. Es ist wirklich nur eine Frage der Zeit. Aber niemand soll mich mehr überraschen. Ich hatte einfach nicht damit gerechnet, dass man mich hier in Attenburg, weit weg von der Meute, jagen würde. In Gegenwart der Bürgermeisterin hätte ich mich nie für ein Ziel gehalten. Auch im Nachhinein hätte ich mich kaum anders verhalten können. Ich wurde verletzt, weil ich Lady Lara schützen wollte, und das ist schließlich mein Job.

»Falls du dich fragst, was mit Stephan geschehen ist, er ist tot«, erklärt sie und reißt mich aus meinen Gedanken. »Ich musste dem ein schnelles Ende bereiten, weil ich für dich Hilfe holen musste. Ich hatte keine Zeit, ihn zu fesseln und auf Unterstützung zu warten. Was ich auch nicht wirklich vorhatte.« Ihre Augen blitzen wütend. »Er hat die Gewalt in meinen privatesten Bereich getragen. Dieses Büro soll ein Ort des Friedens sein. Ich diene den Menschen dieser Stadt. Ich versuche, sie zu schützen und ihr Leben zu verbessern. Jede Sekunde, die ich hier verbringe, soll anderen helfen. Seine wirren Attacken haben das zunichte gemacht.«

»Wie?«

»Wie ich ihn getötet habe?«

Ich nicke.

»Dachte mir schon, dass du das wissen willst. Und ich wette, du möchtest auch erfahren, ob er noch in Besitz seines besten Stücks war...«

Ich nicke wieder.

Sie lächelt teuflisch. »Ich habe dein Messer benutzt, habe es ihm in die Brust gerammt. Ich vermute, dieses Sirenen-Dings hat ihn geschwächt und ihm die Orientierung genommen. Er hat nicht einmal versucht, sich zu wehren. Ich habe das Messer wieder herausgezogen und es ihm dann in den Schritt gestoßen. Ehrlich gesagt, hat es mich nicht sonderlich gereizt, seinen Schwanz anzuschauen oder gar zu berühren, erst recht nicht, wo du im Hintergrund lagst und am Sterben warst. Außerdem ziehen mich Schwänze ganz allgemein nicht an.«

Es dauert einen Moment, bis mir klar wird, was sie da sagt. Sie ist lesbisch.

In der Ferne höre ich Schritte und versuche, den Kopf zu drehen. Keine gute Idee. Die Welt dreht sich um mich, alles wirbelt durcheinander. Ich schließe die Augen und stöhne.

»Da... kommt jemand«, keuche ich. Ich verstehe meine eigenen Worte kaum, aber Lady Lara scheint ihren Sinn zu erfassen. Sie steht auf und greift sich mein Messer.

Sie hat die Scheide gesäubert, aber ich kann Stephans Blut daran noch riechen.

Ich versuche nicht einmal, mich aufzurichten. Dazu bin ich viel zu schwach und würde nur meine letzten Energiereserven verschwenden. Ich muss darauf vertrauen, dass Lady Lara uns notfalls alleine verteidigen kann. Was für eine tolle Leibwächterin ich bin!

Bethanys Duftmarke erreicht mich nur wenige Augenblicke, bevor sie die Tür aufwirft. Sie stürmt ins Zimmer, ihr Blick schweift wild über mich.

»Was zum Teufel hast du da angestellt?«

Ich verdrehe die Augen – so ziemlich die aussagekräftigste Antwort, die ich ihr momentan geben kann.

Bethany kniet sich neben mich und fühlt meinen Puls.

»Was ist passiert?«, fragt sie Lady Lara. Die Bürgermeisterin schließt die Tür und setzt sich wieder neben mich. Ich weiß nicht, warum sie auf dem Boden kauert, wenn sie genauso gut in ihrem schönen Ledersessel Platz nehmen könnte. Dem, um den ich sie immer noch beneide. Schließlich kann auch ihre Nähe nichts gegen das Gift tun, das gerade in meinen Adern kreist.

Lara gibt Bethany die Kurzfassung des Geschehenen. Meine Freundin nickt, ganz Profi, und reißt das Pflaster mit dem Gegenmittel von meinem Nacken, und mit ihm viele Dutzend kleine Härchen. Wenn ich sie boxen könnte, würde ich das gern tun.

»Huch«, murmelt sie grinsend. Sie hält das Pflaster hoch und untersucht es gründlich. Jetzt sehe ich es auch zum ersten Mal. Es ist ein etwa drei Zentimeter großes schwarzes Quadrat, das ein bisschen wie ein normales Heftpflaster aussieht, nur eine andere Farbe hat.

»Interessant, eine tolle Art, ein Gegenmittel zu verabreichen«, meint Bethany anerkennend. »Könnte mir vorstellen, dass sich so etwas auch für die Gabe von Giften einsetzen ließe, wobei es schlecht vor der Zielperson zu verstecken ist. Aber ich werde es im Hinterkopf behalten.«

Jede Wette, dass sie gleich Experimente beginnen wird, wenn wir erst wieder zu Hause sind.

»Kat, kennst du das Gift, das man dir gegeben hat?«

Ich schüttele den Kopf. Schön wär's.

»Also muss es ein recht seltenes sein. Du hattest starke Schmerzen; gab es noch weitere Symptome?«

»Brennen«, stöhne ich. »Atmen. Schwer.«

Ich wünschte, meine Kehle würde sich nicht so anfühlen, als wollte sie jeden Augenblick meinen Körper verlassen.

Bethany legt die Stirn in Falten. »Ich kann dir etwas gegen die Symptome geben. Eine große Dosis Schmerzmittel und ein allgemeines Gegengift. Das sollte dich fit halten, bis ich dein Blut im Labor untersuchen und etwas Handfesteres finden kann.«

»Wie lange wird das dauern?«, fragt Lady Lara mit besorgter Stimme.

Wie nett von ihr. Macht sie sich meinetwegen Sorgen? Ich frage mich, ob das auf der persönlichen oder beruflichen Ebene ist. Wenn ich mattgesetzt bin, muss sie einen neuen Leibwächter suchen. Zum Glück können meine Männer sich mit ihrer Bewachung abwechseln. Sie hat gezeigt, dass sie alleine klar kommt, aber es ist meine Aufgabe, für ihre Sicherheit zu sorgen, und so ein kleiner Giftanschlag wird nichts daran ändern, dass ich diesen Job ernstnehme.

»Du siehst nicht so aus, als könntest du viel schlucken, ich werde dir also eine Spritze geben«, erklärt Bethany kurz bevor die Nadel sich in meinen Arm senkt. Es ist ein Zeichen meiner augenblicklichen Schwäche, dass ich mich nicht instinktiv dagegen wehre.

»Du wirst dich vielleicht etwas benommen fühlen, das war eine ziemlich hohe Dosis. Jetzt sollten wir dich besser nach Hause schaffen. Frau Bürgermeister, könnten Sie den Transport organisieren?«

Benommen? Ich fühle mich fantastisch. Ich schwebe auf Regenbogen, reite auf Einhörnern, fliege auf dem Rücken eines geflügelten Hirschs. Das Zeug ist besser als Katzenminze, und das will was heißen. Ich überlasse den Menschen die normale Welt und genieße den Ritt.

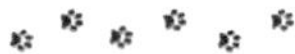

Bis wir zu Hause angekommen, sind die Einhörner verschwunden und neue Schmerzen an ihre Stelle getreten. Vielleicht auch die alten. Mir vollkommen egal. Ich weiß nur, dass mir der gesamte Körper wehtut und mein Hals wieder beginnt, sich zuzuziehen.

»Was zum Teufel ist mit ihr geschehen?«

Lennox und Griffon drängen sich um mich, ihre besorgten Gesichter kommen und gehen aus meinem

Gesichtsfeld. Ohne die Regenbogen macht die Welt einen erstaunlich düsteren Eindruck.

»Gift«, erklärt Bethany. »Ich weiß aber noch nicht welches. Ein Siron hat ihr das verabreicht. Also nicht der Siron persönlich; er hat einen anderen Menschen unter seine Kontrolle gebracht, der es dann mittels einer Messerspitze in seinem Stiefel in sie gestoßen hat. Sie ist fast dabei draufgegangen, aber zum Glück hat dieser Mensch ein Pflaster mit dem Gegenmittel auf sich sitzen gehabt. Das hat aber jetzt seine Wirkung verloren. Ihr geht's wieder schlechter.«

Ich bin noch da. Sprich nicht über mich, als sei ich nicht anwesend.

Leider kann ich nicht sprechen, so zugeschwollen ist mein Hals schon wieder. Das Luftholen tut weh. Ich hasse dieses Gefühl, so komplett die Kontrolle verloren zu haben, so schwach und hilflos zu sein. Ich werde den Siron umbringen, der dafür verantwortlich ist. Er wird leiden, bis er nur noch ein Häufchen Elend ist, das man vom Boden abkratzen kann.

»Ein Siron?«, fragt Griffon stirnrunzelnd. »Kat, hatte dieses Gift einen besonderen Geruch?«

Ich kann gerade so den Kopf schütteln. Ich habe ja nicht gerade an Stephans Stiefel geschnuppert, aber nichts gerochen, an das ich mich erinnern könnte.

»Das grenzt die Sache doch erheblich ein. Ganz bestimmt kein Rosenduft?«

Ich bin vergiftet worden, nicht gehirnamputiert. Ich schüttele den Kopf.

»Gut. Bethany, ich komme mit dir ins Labor und

werde ein paar Gegenmittel zu den am häufigsten von Sirenen verwendeten Giften herstellen und dabei mit den wahrscheinlichsten anfangen. Aber zunächst sollten wir dir mehr von den Schmerzmitteln geben, Kat.«

Da hast du verdammt nochmal recht.

Er streicht mir sanft über die Wange, ein Hauch von einer Geste, die mich erbeben lässt. Ich sehe ihn äußerst ungern fortgehen, um seinen Medizinkoffer zu holen.

Zum Glück ist Lennox noch da und nimmt Griffons Platz ein.

»Tut's sehr weh?«, fragt er mit vor Sorge heiserer Stimme.

Ich würde gern den Kopf schütteln, um ihn zu beruhigen, aber mein Körper lässt mich im Stich. Eine erneute Welle voller Schmerzen rast durch mein Inneres und lässt meine Augen tränen.

»Oh mein Kitty-Kätzchen, das tut mir so furchtbar leid«, flüstert Lennox. »Ich wünschte, ich könnte irgendetwas tun.«

Er nimmt meine Hand und drückt sie. Ich quetsche ihm seine fast ab, als der nächste qualvolle Tsunami durch mich hindurch fegt. Ich halte das nicht mehr lange aus. Die Schmerzen sind überall, von der Kopfhaut bis zu den Zehen. Es wird schwer werden, den Siron bei meiner Rache ähnliche Schmerzen spüren zu lassen. Das wird eine neue Herausforderung sein.

»Kat, weißt du, wer das getan hat? Hast du den Siron erkannt?«

Ich schüttele den Kopf. Wie auch? Ich kenne keine

Sirenen in Attenburg – mit Ausnahme von Griffon natürlich, den wir sozusagen importiert haben.

Gerade als ich an ihn denke, kommt er mit seinem Arztkoffer zurück.

»Soll ich dich betäuben?«, fragt er. »Ich glaube, ich habe kein Schmerzmittel, das stark genug wäre, dich komplett von den Schmerzen zu befreien.«

Ich schüttele den Kopf. Ich will bei Bewusstsein bleiben. Was, wenn der Siron zurückkommt? Gut, ich könnte sowieso nichts tun. Kann ja nicht einmal meinen Kopf heben. Ein Schläfchen hört sich da vielversprechend an.

Lennox küsst mich auf die Stirn. »Wenn du aufwachst, wird alles wieder gut.«

Dieses Versprechen solltest du besser halten. Ich will noch nicht sterben.

SECHZEHN

Ich wache auf und spüre keine Schmerzen. Ich balle die Hände zu Fäusten, rolle den Kopf von einer Seite zur anderen. Tut nicht weh. Dank sei der großen flauschigen Katze im Himmel.

»Hei, Schwesterherz«.

Ich blinzele und sehe mich. Nein, das muss Caitlin sein. Ich blinzele wieder, um den Schleier von den Augen zu entfernen. Es sieht alles noch etwas wie hinter einem Vorhang aus. Ich reibe mir die Augen, und habe endlich klare Sicht. Gelbe Schmiere klebt auf meinen Fingern. Igitt. Und das kam aus meinen Augen? Seltsam.

»Wie fühlst du dich?«, fragt sie. Anders als bei den beiden Männern davor spricht aus ihrer Stimme keine übermäßige Sorge. Typisch meine Schwester. Stark, gefasst, katzenartig. Ich würde sie gerne dafür loben, hebe mir das aber für später auf. Jetzt geht es erst einmal um wichtigere Dinge.

»Wie lange habe ich geschlafen?«, frage ich. Versuche ich zumindest zu fragen. Meine Stimme klingt, als würde man eine Säge über einen Stein ziehen.

Caitlin grinst und reicht mir ein Glas Wasser. Ich setze mich auf und bin wieder überrascht, wie leicht das geht. Ich bin noch nicht völlig wiederhergestellt und der Rücken ist ein bisschen steif, aber die Schmerzen sind völlig verschwunden.

Ich trinke das Glas auf einen Zug leer. Das Wasser spült den schlechten Geschmack aus meinem Mund, den ich erst richtig bemerke, als er nun fort ist.

»Eine ganze Zeitlang«, antwortet meine Schwester. »Ich habe deine Männer endlich überreden können, selbst etwas zu schlafen und mir die Wache bei dir zu überlassen. Glaub mir, da war viel Überredungskunst nötig. Oder eigentlich Drohungen.« Sie grinst. »Jetzt weiß ich wenigstens, dass man ihnen drohen kann. Für die Zukunft. Wenn du das nächste Mal tagelang bewusstlos bist.«

»Tagelang?«, frage ich voll böser Ahnung. »Welcher Tag ist heute?«

»Freitagmorgen. Und ich fürchte, das war kein Schönheitsschlaf. Du bist immer noch so hässlich wie zuvor.«

Ich knurre sie an. »Du siehst genauso aus wie ich. Wenn ich hässlich bin, gilt das auch für dich.«

»Hab nie das Gegenteil behauptet.«

»Du musst an deinem Selbstvertrauen arbeiten, Schwesterchen. Du bist hübsch, also bin ich es auch. Und jetzt sag mir, was passiert ist, während ich weggetreten war.«

»Also, Ryker hat Griffon beinahe umgebracht, dann hat Griffon Lennox beinahe umgebracht und so weiter und so fort. Bitte tu ihnen das nicht noch einmal an. Die Jungs verlieren total die Kontrolle, wenn du nicht die Zügel hältst.«

»Jungs? Die sind älter als du.«

Caitlin zuckt mit den Schultern. »Sie benehmen sich wie Teenager. Bethany und Griffon haben nicht lange gebraucht, um ein Gegengift herzustellen, weil sie das Pflaster ja als Vorlage hatten. Aber es hat lange gedauert, bis dein Körper geheilt war. Gestern Abend hast du dich gewandelt und wir dachten schon, du würdest aufwachen, aber du hast weiter geschlafen, bevor du dich vor ein paar Stunden wieder zurück gewandelt hast. War sehr merkwürdig.«

»Weißt du, welches Gift mir der Siron gegeben hat?«

Sie schüttelt den Kopf. »Nein, und die anderen auch nicht. Keiner von uns hat das je gesehen. Aber immerhin haben wir jetzt das Gegenmittel. Beth hat eine ganze Charge davon hergestellt, damit wir Wandler jetzt immer etwas davon bei uns tragen können.«

»Ich bezweifle, dass der Siron noch einmal dasselbe versuchen wird. Ihm wird für den nächsten Angriff etwas Neues einfallen. Immerhin weiß ich jetzt, dass er da draußen ist und kann auf der Hut sein. Das solltest du auch tun. Wir sehen uns so ähnlich, dass er uns leicht verwechseln könnte.«

»Keine Angst, ich passe immer auf. Wäre ich in dem

Zimmer gewesen, hätte ich ihn nicht an mich herangelassen.«

»Und die Bürgermeisterin wäre wahrscheinlich tot.«

Sie zuckt mit den Schultern. »Besser sie als ich.«

»Und das ist genau der Grund, warum du nicht als Bodyguard eingeteilt bist.« Ich richte mich auf, als mir klar wird, dass heute der große Tag ist. »Findet das mit dem Diamanten noch statt?«

»Wenn du den Raub meinst, dann ja. Wenn du meinst, ob du den Leibwächter spielen wirst, dann nein. Lennox übernimmt das. Er sieht von den Kerlen am normalsten aus.«

Ich lache. »Es sei denn, er wandelt sich.«

»Jo, wenn er sich nicht wandelt.«

Ich habe nicht die Absicht, ihn an meiner Stelle Lady Lara schützen zu lassen, sage das aber nicht. Noch nicht.

»Was hast du für den Raubzug geplant?«, frage ich stattdessen.

»Benjamin und ich werden den eigentlichen Diebstahl begehen. Lily wird für Notfälle unter den Gästen sein. Sie hat es geschafft, einen der geladenen Gäste zu verführen, wird also seine offizielle Begleitung sein. Ryker und seine Katzen werden draußen die Umgebung abgehen und nach den besten Fluchtwegen suchen. Beth bleibt hier; sie ist an dem härteren Teil der Arbeit nicht so richtig interessiert, obwohl ich wetten könnte, dass sie ihren Anteil vom Erlös schon einfordern wird.«

»Was ist mit Griffon?«

»Er wird auch hierbleiben, auf dich aufpassen, damit

du nicht auf die dummen Gedanken kommst, die du sicher schon im Kopf hast.«

Ich bin ganz die Unschuld vom Lande. »Ich werde im Bett bleiben und schlafen. Vielleicht ein bisschen lesen; dafür habe ich doch normalerweise keine Zeit.«

»Klar doch. Du vergisst mal wieder, dass wir Klone sind. Ich kenne dich besser, als du denkst. Griffon hat sogar die Erlaubnis, dich mit Katzenminze zu bestechen, also sei besser brav.«

Katzenminze. Mir läuft das Wasser im Munde zusammen. Obwohl ich mir nicht sicher bin, dass ich Katzenminze noch so richtig zu schätzen weiß nach der Erfahrung mit den tollen Regenbogen-Schmerzweg-Pillen.

»Ich wünschte fast, ich wäre an deiner Stelle. Mir hat noch nie jemand Katzenminze angeboten.«

»Weil wir nicht wissen, wie sie zusammen mit deinen anderen Medikamenten wirken würde.«

Caitlin verdreht die Augen. »Ja, ja, ich weiß. Beneide dich aber trotzdem.«

»Nochmal zurück zu unserem Raubzug. Was werdet ihr hinterher mit dem Diamanten anfangen? Ihn an die Leute weitergeben, die uns überhaupt auf die Spur gebracht haben?«

»Das haben wir noch nicht entschieden. Ich glaube, diese Entscheidung wollen die Männer dir überlassen. Ich würde vorschlagen, so zu tun, als ob wir ihnen den Stein geben, um herauszufinden, wer dahintersteckt. Wenn das gute Leute sind, können wir ihn an sie verkaufen, wenn nicht, könnten wir sie umbringen.«

Ich kichere. »Hört sich gut an. Der einzige Haken ist, dass es sich um Sirenen handeln könnte. Hast du daran schon gedacht?«

Sie zuckt mit den Schultern. »Das ändert nichts. Wenn wir es nicht gerade mit diesem üblen Siron zu tun haben, der versucht hat, dich zu töten, ist es mir egal, ob das Sirenen, Menschen, Wandler oder Außerirdische sind, Hauptsache, sie bezahlen uns. Ich will ja nicht mit ihnen Freundschaft schließen. Es ist lediglich ein Geschäft, das ist alles.«

»Du würdest mit Sirenen Geschäfte machen? Nach allem, was die uns angetan haben?«

»Griffon ist ebenfalls ein Siron und steht auf der guten Seite. Jede Wette, dass es auch unter den übrigen Sirenen welche gibt, die uns freundlich gesinnt sind, wir müssen sie nur finden.«

Ich beherrsche mich und rede nicht weiter dagegen. Ich muss mir meine Kräfte für heute Abend aufsparen.

»Was ist sonst noch vorgefallen, während ich geschlafen habe? Neuigkeiten von unserer Schwester?«

Ihr Lächeln verschwindet. »Nichts. Kein Wort über irgendetwas, das mit K7 in Verbindung gebracht werden könnte. Entweder ist sie nicht hier in der Stadt oder sie ist sehr gut versteckt – oder lebt nicht mehr.«

»Konzentrieren wir uns auf die ersten beiden Möglichkeiten. Ich weigere mich anzunehmen, dass wir eine weitere Schwester beerdigen müssen.«

Caitlin nickt. »Einverstanden. Wenn es dir besser geht, kannst du vielleicht deine neue Stellung bei der

Bürgermeisterin nutzen, um mehr in Erfahrung zu bringen.«

»Das hatte ich vor. Hat Lady Lara sich gemeldet und durchblicken lassen, wie es um meine Zukunft bei ihr bestellt ist?«

»Ja, sie hat sogar Blumen geschickt, aber die Katzenkinder haben sie gefressen. Sie erwartet dich wieder bei der Arbeit, sobald es dir besser geht.«

Ich atme erleichtert aus. Es wäre schlimm gewesen, von ihr gefeuert zu werden. Nicht nur, weil mir das die Suche nach K7 erschwert hätte. Auch, weil ich mich auf merkwürdige Art zu ihr hingezogen fühle. Und es ist außerdem ganz nett, mal einen richtigen Job zu haben.

Wo Caitlin gerade die Katzenkinder erwähnt hat, fällt mir unser zusätzlicher tierischer Mitbewohner ein.

»Wie geht's Flöckchen?«

Sie grinst. »Stolziert hier herum, als gehörte ihr das Haus. Irgendwie ist sie zur Anführerin der Rasselbande geworden. Frag mich nicht, wie das funktioniert – sie sollte ja eigentlich eher in der Opfer-Rolle sein. Benjamin verwöhnt sie nach Strich und Faden. Du solltest mit ihm ein ernsthaftes Wort reden, bevor wir das arme Tier in »Tönnchen« umbenennen müssen.«

Ich lache. »Kann es kaum erwarten, sie wiederzusehen. Aber ich bin noch etwas schlapp. Ich glaube, das nächste Schläfchen ist angezeigt.«

Caitlin sieht mich misstrauisch an. »Du siehst nicht besonders müde aus.«

»Nur, weil ich ein Meister im Vorspiegeln falscher

Tatsachen bin. Also, mach dich vom Acker, damit ich was für meine Schönheit tun kann.«

Sie scheint erst protestieren zu wollen, aber ich starre sie nieder und gähne demonstrativ. Mit einem letzten misstrauischen Blick lässt sie mich endlich alleine.

Sobald ich ihre Schritte auf der Treppe nach unten höre, stehe ich auf und gehe zum Fenster. Ein Post-It-Zettel klebt an der Scheibe.

WAGE ES NICHT, DIESEN RAUM ZU VERLASSEN.

Ich schnaube. Als ob mich das aufhalten könnte.

Ich öffne das Fenster und finde einen weiteren Zettel draußen auf dem Fensterbrett:

ICH WARNE DICH.

Es ist Griffons Handschrift. Man kann seine gute Schulbildung schon daran erkennen, wie elegant er die Schwünge an seinen W's und D's schreibt.

Die große Frage ist, wie weit er gehen wird, um mich am Entkommen zu hindern? Hat er drastischere Maßnahmen ergriffen als Post-Its? An seiner Stelle hätte ich einige Fallen aufgestellt, vielleicht mit Pfeilen versehen, die ein Schlafmittel in meine Haut ritzen würden. Oder einen Alarm eingerichtet, der ausgelöst wird, sobald ich das Zimmer verlasse. Aber nein, das wäre wohl etwas übertrieben, so weit ist er sicher nicht gegangen.

Dennoch untersuche ich den Fensterrahmen auf irgendwelche Fallen, finde aber erwartungsgemäß nichts. Ich werde so langsam paranoid. Ich stecke den Zettel in die Tasche, denn irgendwie werde ich Griffon dafür eine Retourkutsche geben, und springe auf das Fenstersims, ducke mich dabei. Ich bin im zweiten Stock, aber der Sprung wird mir nicht schaden. Katzen landen schließlich immer auf den Füßen.

Ein Miau von unten lässt mich auf das Katzenkind hinunterblicken, das von dort zu mir aufschaut. Es ist Tässchen, das kleine Untier, das sich darauf spezialisiert hat, mich morgens zu wecken. Böses Kätzchen. Sie starrt mich mit ihren glänzend grünen Augen herausfordernd an – wage es ja nicht! Ich kann ihre Gedanken in groben Zügen lesen. Sie hat vor, zu Griffon zu laufen und ihm Bescheid zu sagen. Sie ist also abgrundtief böse. Dieses Kätzchen sieht so unschuldig aus, als könnte sie kein Wässerchen trüben, genießt aber schon die Aussicht, mich zu verpetzen.

Der Weg nach unten ist also versperrt – ausgerechnet von einer Mini-Katze. Bleibt nur das Dach. Die Wände unseres Hauses sind alt und weisen genügend Risse in den Ziegelsteinen auf, die das Klettern erleichtern. Habe ich schon ausprobiert. Die Frage ist, was erwartet mich auf dem Dach? Ich befürchte fast, Griffon hat an alles gedacht.

Ich werde aber auf keinen Fall in meinem Zimmer eingesperrt bleiben, also beginne ich zu klettern. Meine Muskeln protestieren angesichts dieser Anstrengung, ich habe zu lange im Bett gelegen. Und alle Kraft darauf verwendet, das Gift in meinem Körper zu bekämpfen.

Ich brauche viel länger als normal, bis ich das Dach erreicht habe. Ich setze mich einen Moment lang hin, um den Muskeln ein bisschen Erholung zu gönnen. Ich fühle mich, als sei ich über Nacht um Jahre gealtert. Das macht keinen Spaß. Die Liste der Dinge, die ich mit diesem Siron anstellen werde, wächst ständig. Ich werde Tage brauchen, um all die Folterpraktiken anzuwenden, die ich für ihn vorgesehen habe. Er wird mich um Gnade anwinseln, aber die werde ich ihm kaum gewähren. Er hat schließlich auch zugesehen, wie ich am Boden lag und mich vor Schmerzen gekrümmt habe. Sein Ableben wird sich lange hinziehen und schmerzhaft sein.

Schon der Gedanke lässt mich lächeln. Zunächst muss ich ihn allerdings finden. In einer Stadt voller Sirenen und ohne je sein wirkliches Gesicht gesehen zu haben, dürfte das schwierig sein. Stephans Stimme veränderte sich, als der Siron durch ihn gesprochen hat, aber ich weiß nicht, ob das auch nur entfernt seiner tatsächlichen Stimme ähnelte. Im Moment liegt seine Identität noch völlig im Dunkeln. Ich muss ihn zwingen, sich zu offenbaren und mir direkt entgegenzutreten.

Ein summendes Geräusch lässt mich aufmerken. Ist das ein – ja, tatsächlich, ein kleiner ferngesteuerter Hubschrauber wird sichtbar und steigt in gerader Linie auf. So einen wollte ich als Kind immer haben, hatte aber natürlich nie genug Geld dafür, und man hätte es mir auch nicht erlaubt, einen zu besitzen. Jede Art von Spielzeug wurde uns sofort weggenommen. Wir durften nicht einmal einen Teddybär haben. Nichts, was uns von unserem eigentlichen Zweck ablenken sollte: Waffen für die Meute zu werden. Killer brauchen keine Stofftiere.

Im Geiste notiere ich, dass ich Klein-Kat einen Teddybär schicken will. Sie ist noch jung genug, eine wirkliche Kindheit zu erleben. Vielleicht hat Tante Rose ihr schon Spielzeug gegeben – ganz sicher sogar, so gut, wie sie auch sonst zu ihr ist – aber ich will sicher sein, dass es meiner jüngsten Schwester an nichts fehlt. Sobald wir den Diamanten haben, können wir vielleicht in unser früheres Zuhause zurückkehren und sie besuchen. Offiziell werden wir das natürlich nur tun, um den Diamanten zu verkaufen. Ich will nicht, dass die anderen wissen, wie wichtig mir meine Geschwister sind. Das könnte sie zu Zielen werden lassen, und nachdem ich mit dem Gift des Sirons Bekanntschaft gemacht habe, will ich das unter allen Umständen verhindern.

Der Hubschrauber schwebt vor mir, dicht genug, dass ich die an seinem Landungsgestell befestigte Botschaft lesen kann:

DU HÄTTEST HÖREN SOLLEN.

Ich verdrehe die Augen. Noch mehr leere Drohungen? Allmählich wird es langweilig.

»Komm raus und zeig dich«, rufe ich. »Wenn du mich am Weggehen hindern willst, mach's wenigstens persönlich.«

Griffons Lachen klingt von unten herauf. Ihm macht

das Spaß. Gut, mir auch. Ich fühle mich geschmeichelt, dass er sich so viel Mühe gibt.

Ich schnappe mir den Hubschrauber aus der Luft und schneide mich beinahe an den Rotorblättern. Der gehört jetzt mir. Mein Schatz. Griffon scheint bemerkt zu haben, dass ich sein Spielzeug an mich genommen habe, denn es wird plötzlich ausgeschaltet. Die Fernbedienung werde ich später noch entwenden müssen. Ich stelle mir schon vor, wozu man diesen Hubschrauber nutzbringend verwenden könnte. Zum Beispiel zum Transport von Sprengstoff. Oder Giften, die man auf die Ziele von oben ablassen könnte. Viele Möglichkeiten. Eines ist sicher, ich werde damit meinen Spaß haben.

»Hast du dich jetzt entschlossen zu bleiben?«, ruft Griffon von unten.

»Auf keinen Fall.«

»Dann muss ich wohl raufkommen.«

Ich kann ein Grinsen nicht unterdrücken. Auf, auf zum fröhlichen Jagen.

SIEBZEHN

Er wirft sich auf mich, sobald er das Dach erreicht hat. Ich quietsche und lasse es zu, dass er mich niederringt, tue so, als wäre ich schwach und zerbrechlich.

Sein Lächeln schwindet etwas, er ist sichtlich besorgt, er könnte mich verletzt haben. Diesen Moment des Zögerns nutze ich, um uns umzudrehen, so dass ich auf ihm zu sitzen komme. Ich halte seine Beine mit meinen am Boden und ziehe ihm die Arme an den Handgelenken über den Kopf und halte sie dort fest. Er kämpft nicht dagegen an, spielt wahrscheinlich genauso mit mir wie ich vorher mit ihm.

Als ich ihn genau da habe, wo ich ihn haben wollte, zögere ich. Was nun? Normalerweise schneide ich meinem Opfer die Kehle durch, wenn ich es auf diese Weise ausgeschaltet habe oder zwinge es, mir die gewünschten Informationen zu geben. Griffon muss nun allerdings weder umgebracht noch gefoltert werden.

»Küss mich!«, stöhnt er.

Das wäre auch eine Möglichkeit.

Ich grinse und bringe mich in die passende Stellung, damit meine Lippen über seinen schweben können. Er wartet nicht weiter ab, sondern stemmt sich mir entgegen, so dass seine Lippen gegen meine stoßen.

Ich lasse seine Handgelenke los und nehme sein Gesicht in meine Hände, will die Führung behalten. Immer wenn er versucht, mich tiefer zu küssen, drücke ich ihn runter. Macht Spaß, ihn so zu necken, aber nach einer Weile will auch ich mehr. Ich lasse ihn los, was er sofort ausnutzt. Er fasst nach oben und greift mit den Fingern in mein Haar.

Ich stöhne, als seine Zunge gegen meine stößt und mich zum Tanz auffordert. Was als langsamer Walzer beginnt, entwickelt sich schnell zu einem rhythmischen Tango voller Energie und Leidenschaft.

Ich vergesse alles um mich herum. Es ist mir egal, dass wir uns auf einem Dach befinden. Auch, dass er mich daran hindert fortzugehen. Und erst recht, dass uns andere Leute sehen könnten. Wir sind schließlich nicht nackt – noch nicht jedenfalls. Ich reibe mich an Griffon, versuche, den inneren Drang zu befriedigen. Ihn zu küssen fühlt sich herrlich an, ist befreiend, einfach schön, aber noch nicht genug. Dass er in der Leistengegend so hart ist, zeigt mir, dass es ihm ähnlich geht.

»Müssen wir in dein Zimmer zurückgehen?«, fragt er heiser und unterbricht das Küssen nur lange genug, um die Frage stellen zu können. Offensichtlich hat er vergessen, dass ich ihm so nicht antworten kann.

Also gut, ich scheine keine andere Wahl zu haben. Ich lasse meine Hand zwischen uns gleiten und ziehe an seinem Hemd. Es ist eines der schwarzen Hemden mit durchgehender Knopfleiste, die er anzieht, wenn er eigentlich nicht vorhat, über Hausdächer zu schleichen. Ideal, um aufgerissen zu werden – und genau das tue ich jetzt. Der Klang der vom Dach rollenden Knöpfe lässt mich an seinen Lippen teuflisch grinsen.

Meine Hände tasten jetzt seine schutzlos vor mir liegende Brust ab, erforschen die harten Muskelplatten zum x-ten Mal. Seine Narben fallen mir gar nicht mehr auf, sie sind nicht wichtig. Wir haben sie schließlich alle, nur dass seine offen zu sehen sind, während viele von uns sie im Verborgenen tragen.

»Ich liebe es, wenn du mich so berührst«, flüstert er. »Hör nicht auf.«

»Habe ich nicht vor. Du bist viel zu lecker dafür.«

Er gluckst. »Lecker?«

Ich nicke und lecke über sein Schlüsselbein. »Einfach zum Anbeißen.«

Sein Brustkorb hebt und senkt sich mit seinem Lachen. »Du bist einmalig, Kat. Einfach einmalig.«

»Das hoffe ich doch. Wenn man an alle meine Klone denkt...«

»Die machen dich erst recht einzigartig.«, sagt er, diesmal ernst. »Sie haben zwar dieselben Gene und sehen so aus wie du, aber du bist ganz anders als die anderen. Du bist etwas Besonderes, Kat. Lieb, schlau, ehrgeizig, kreativ, verrückt...«

»Stimmt alles.«

»... bescheiden.«, grinst Griffon. »Und außerdem bist du die erstaunlichste Frau der Welt. Wenn ich dir nicht begegnet wäre, aber gewusst hätte, dass es dich gibt und wie perfekt du bist, hätte ich für den Rest meines Lebens enthaltsam gelebt.«

Ich schnaube ungläubig. »Nein, hättest du nicht. Du bist viel zu geil dafür.«

Um es ihm zu beweisen, lege ich meine Hand in seinen Schritt. Er stöhnt, als ich seinen harten Schwanz durch seine Hose hindurch drücke.

»Das werden wir wohl nie herausfinden. Und ist ja auch nicht wichtig. Ich habe dich gefunden, und jetzt gehörst du mir.«

Ich drücke noch einmal, und er bäumt sich unter mir auf. »Stimmt nicht. Du gehörst mir.«

Genug der Worte. Ich will nicht mehr reden. Ich will ihn nehmen, hier oben auf dem Dach, sichtbar für alle Welt. Ich beanspruche ihn für mich, Griffon, den Siron, der die Seiten gewechselt hat, der seinem Herzen gefolgt ist. Der mir gefolgt ist.

Ich beuge mich hinunter und küsse ihn, lege all das in diesen Kuss. Ich hoffe, er versteht, was ich ihm sagen will. Ich kann es noch nicht mit Worten sagen. Noch nicht.

Ein Ziegeldach erweist sich als nicht gerade der bequemste Ort für unsere Aktivitäten. Wenn ich als Wandler nicht über besondere Heilkräfte verfügen würde, hätte ich jetzt überall am Rücken blaue Flecken. Griffon stöhnt, als wir durch das Fenster zurück in mein Zimmer steigen. Wir strecken uns beide, dehnen die schmerzenden Muskeln.

»Hat funktioniert«, lacht er mit gekrümmtem Rücken. »Du bist geblieben.«

»Nur für eine Weile. Ich habe nicht vor, hier herumzusitzen und Däumchen zu drehen, während der Rest von M.I.A.U. sich amüsiert. Und ich gehe davon aus, dass dir das genauso geht, oder?«

»Ich könnte Däumchen-Drehen üben in deiner...«

»Fang gar nicht erst an«, unterbreche ich ihn mit strafendem Blick. »Deine Verführungsmasche hat bei mir nur einmal verfangen.«

»Verführung? Ich habe dich nie verführt. Das ging alles von dir aus. Aber wenn du gern eine Demonstration meiner Künste möchtest, vielleicht mit ein bisschen Sirenen-Magie versetzt...«

»Nein danke.« Eigentlich bedauere ich, sein Angebot für noch mehr guten Sex auszuschlagen. Es ist toll, wenn er mich im wahrsten Sinne des Wortes verzaubert. Alles ist dann viel intensiver, ohne den Bezug zur Realität zu verlieren. Nicht wie Katzenminze, die die Realität verzerrt. Griffons Zauberkünste verstärken sie.

»Was kann ich tun, um dich zu überreden, bei mir zu bleiben?«, fragt er. Er klingt dabei nicht sehr hoffnungsvoll. Diese Frage ist mehr eine Formalität, damit er später sagen kann, er habe alles Mögliche versucht.

»Finde ein Einhorn, das ein Doppelhorn hat und um Mitternacht bei Vollmond geboren wurde«, entgegne ich. »Mit zwei Schwänzen, einem grünen und einem blauen. Wenn du das nicht kannst, wirst du mich kaum hier halten können, egal, wie oft du mit mir vögelst.«

»Also, ich könnte dich auch fesseln.«

Ich lüpfe eine Augenbraue. »Kannst du versuchen.«

»Ja, kann ich. Vielleicht ein Andermal.«

»Träum weiter.«

Griffon seufzt. »Ich hätte dir ein stärkeres Schlafmittel geben sollen. Mit dir zu diskutieren ist so ermüdend.«

Ich zeige auf das Bett. »Wenn du müde bist, leg dich einfach hin. Macht mir nichts aus.« Ich lächele ihn unschuldig an. »Ich warte unten.«

»Klar doch.« Er seufzt erneut. »Also, ich hab's versucht. Und ich weiß wirklich nicht, wo ich so ein Einhorn finden soll. Vielleicht auf dem Ball der Juweliers-Gilde? Könnte ein Ort sein, an dem sich solche eleganten Wesen herumtreiben.«

»Vielleicht. Ich denke, ich sollte dich begleiten, damit du das richtige Einhorn auswählst.«

Unsere Blicke treffen sich, und wir sehen einander ein paar Sekunden lang an, bevor wir in Gelächter ausbrechen. Es ist toll, wie unkompliziert meine Zeiten mit Griffon sind. Es gibt da keine peinliche Stille, keine Missverständnisse. Wir haben denselben abgefahrenen Sinn für Humor und liegen auch gedanklich meist auf einer Ebene. Seltsam, wie er für mich geschaffen zu sein scheint, obwohl er keine Katze ist, nicht einmal ein Wandler.

Ich gehe durch meinen Kleiderschrank und suche nach dem perfekten Outfit für heute Abend. Wenigstens muss ich dieses Kleid jetzt nicht tragen. Falls Frau Tailleur es überhaupt geschneidert hat. Nach dem, was ihr Mitarbeiter angerichtet hat und angesichts meiner tagelangen Bewusstlosigkeit ist sie sicher davon ausgegangen, dass ich es nicht mehr brauchen würde. Was ich auch nicht tue.

»Was ist der Plan?«, fragt Griffon. »Ich denke doch, du hast einen?«

»Der Plan ist, den Diamanten zu stehlen, ohne von den Wachen oder meinem Team entdeckt zu werden. Und dann zu entkommen, ohne gefasst zu werden. Sterben ist auch nicht vorgesehen. Einfach, oder?«

Ein Moment lang Schweigen, dann bricht Griffon in wildes Gelächter aus. »Du willst gegen dein eigenes Team arbeiten?«

»Warum nicht? Ist eine gute Übung. Wir beide gegen den Rest von M.I.A.U. Ein guter Test um festzustellen, wer der Beste ist.«

Er stöhnt. »Lily wird mich umbringen. Sie hat großen Wert darauf gelegt, dass du im Bett bleibst und dich ausruhst.«

»Lily ist zu gefühlsbetont. Sie wird übervorsichtig wenn Leute involviert sind, die sie mag. Deshalb fällt es ihr auch schwer, Freundschaften zu schließen.« Ich halte inne. Huch. Das hätte ich nicht sagen sollen. Hier war der Mund wieder mal schneller als der Kopf.

Zum Glück geht Griffon nicht auf die Amateur-Psychoanalyse meiner besten Freundin ein.

»Bist du sicher, dass wir das schaffen? Versteh mich nicht falsch, wir sind die besten Killer in dieser Stadt, vielleicht im ganzen Land, aber die anderen haben einen ganz klaren Vorteil. Caitlin hat den Raubzug tagelang geplant. Benjamin hat sich vor Ort umgesehen und kennt alle Wege hinein und heraus. Lily mischt sich unter die Menge und kommt dicht genug an den Diamanten heran, um feststellen zu können, wie gut er geschützt ist und wie man ihn stehlen könnte. Selbst wenn wir so viel wüssten wie sie alle zusammen, wie sollten wir an den Katzen vorbeikommen? Ryker hat sie zur Bewachung der ganzen Umgebung eingeteilt. Wir können nichts tun, ohne von ihnen bemerkt zu werden.«

Der letzte Punkt stimmt allerdings. Die Katzen würden uns ohne zu zögern an Ryker verraten. Sie mögen mich, respektieren mich, aber er gehört zur Familie. Auch Druckmittel würden mir keinen Gehorsam verschaffen.

Ich nehme meinen ledernen Overall aus dem Kleiderschrank – es gibt wirklich keine bessere Wahl – während ich mir das Hirn zermartere, wie unser Raubzug gelingen könnte.

»Katzenminze«, murmele ich gedankenverloren. »Wie wär's, wenn wir sie unter Drogen setzen?«

»Hast du gerade vorgeschlagen, den Katzen Drogen zu geben?«

»Wo mir schon keiner meine Minze gibt, will ich nur nett sein und sie mit der Katzenpopulation von Attenburg teilen«, sage ich mit unschuldigem Augenaufschlag.

»Das bezeichnet man doch als Philanthropie, oder? Ich praktiziere dann Phil*felis*.«

»Du bist mal wieder superschlau«, neckt er mich mit liebevollem Lächeln.

»Absolut. Weißt du, wo Lily die Katzenminze versteckt hat?«

»Das weiß ich in der Tat. Ich bin aber noch nicht überzeugt davon, dass ich es dir sagen sollte. Kat, dieser Plan ist Mist. Die anderen können wir vielleicht ausstechen, aber nicht die Katzen.«

»Du gibst also zu, dass Katzen anderen Lebensformen auf dieser Erde weit überlegen sind?«

»Nein«, antwortet er ohne zu zögern. »Nur in diesem speziellen Fall. Sie sind in der Überzahl. Kannst du sie nicht auf andere Art beeinflussen? Sie hypnotisieren?«

»Damit kennst du dich doch besser aus. Vielleicht solltest du sie in den Schlaf singen.«

»Wenn wir sie schachmatt setzen, können wir ihre Hilfe nicht in Anspruch nehmen. Nein, wir müssen sie für uns gewinnen.«

Ich seufze. »Ich weiß nicht, wie uns das gelingen soll. Ich bin nicht gut darin, anderen zu sagen, was sie tun sollen. Also, ich sage es ihnen schon, aber sie machen's dann nicht.«

»Du nimmst mich auf den Arm, oder?«

Ich sehe ihn stirnrunzelnd an. »Tue ich nicht.«

»Kat, du siehst das völlig falsch. Du inspirierst die anderen doch ständig. Wer, denkst du, hält M.I.A.U. zusammen? Du hast es geschafft, eine Gruppe von Einzelgängern und Unangepassten in ein Team zu verwandeln.

Wir tun zwar nicht immer, was du sagst, aber wir würden dir in den Schlund der Hölle folgen. Und wenn es um Leben oder Tod ginge, würden wir selbstverständlich deinen Anweisungen folgen.« Er grinst. »Es sei denn, wir wissen es besser. Dann würden wir dir das sagen.«

Ich weiß nicht so recht, was ich darauf erwidern soll, bin also lieber still. Es ist sowieso egal. Ich muss einen Weg finden, mit den Katzen klarzukommen, statt mich in Griffons Komplimenten zu suhlen.

»Wie wär's, wenn wir das auch zu einer Art Wettbewerb für die Katzen machen?«, schlage ich nach einer Weile vor. »Wir könnten zwei Teams bilden. Katzen messen sich noch lieber untereinander als Menschen es tun. Sie werden sich beweisen wollen. Die eine Hälfte könnte für Ryker arbeiten, die andere Hälfte für mich. Wir setzen einen Preis aus für das Katzenteam, das gewinnt, auch wenn es nicht meins sein sollte. Und Teil der Abmachung ist, dass sie Ryker nicht erzählen, dass du und ich unseren eigenen Raubzug planen.«

»Das könnte klappen. Ich nehme an, der Preis ist Katzenminze?«

Ich grinse. »Klar doch.«

ACHTZEHN

Ich lege mich hin, tue so, als sei ich noch krank und vor allem müde und warte, bis alle bis auf Beth und Griffon das Haus verlassen haben. Lennox und Ryker waren rührend, haben gefragt, ob es auch wirklich in Ordnung ist, dass sie weggehen und mich hier alleine lassen. Ich habe ihnen versichert, dass ich den größten Teil des Tages schlafen werde und dass Griffon ja da ist, wenn ich etwas brauche. Ich habe ein bisschen ein schlechtes Gewissen, sie so zu hintergehen, aber sie haben ganz klar gesagt, sie würden mir nicht erlauben, mit ihnen zu kommen. Lennox hat bei der bloßen Frage damit gedroht, mich ans Bett zu fesseln.

Beth hat sich mit einem Arm voller Snacks ins Außengebäude zurückgezogen. Sie wird es genießen, mit niemandem teilen zu müssen. Und mir macht es nichts aus, dass sie unsere Vorräte dezimiert. Das wird sie beschäftigen und ablenken.

Sobald sie alle das Haus verlassen haben, springe ich aus dem Bett, ziehe meinen Overall an und lege mir meinen Waffengürtel um. In diesen Lederanzug sind an den Waden und Armen Messerfutterale eingenäht. Ich stecke die Dolche hinein. Man kann nie gut genug vorbereitet sein. Wenn der Siron wieder auftaucht, muss ich mich verteidigen können.

Ich öffne die Schachtel mit Giftpfeilen und bin froh, dass Bethany Zeit hatte, sie wieder aufzufüllen. Normalerweise mag ich die tödlichen lieber, aber heute nehme ich überwiegend die betäubenden. Dies ist schließlich kein Auftragsmord, sondern ein Raubzug. Ich will die Wachen nicht töten, nur verhindern, dass sie mich fangen. Sie haben nach all dem Bewachen doch bestimmt ein Schläfchen verdient, oder?

Ich treffe Griffon im Wohnzimmer. Er hat sich auch zweckmäßig angekleidet und trägt in etwa so viele Waffen wie ich. Er deutet auf eine Beule in Brustnähe.

»Rauchbomben. Falls wir ein Ablenkungsmanöver brauchen.«

»Hast du die selbst gebastelt?«

»Nein, Benjamin. Er hat sie für Caitlin gemacht, aber ich habe ein paar entwendet.«

Ich lache. »Du hast unseren Dieb bestohlen? Gut gemacht!«

»Er war so damit beschäftigt sein Rehkitz zu verhätscheln. Er wollte zuerst nicht einmal an unserem Raubzug teilnehmen, bis Bethany ihm versprochen hat, auf das Kleine aufzupassen. Er ist völlig verrückt nach dem Tier.«

»Typisch Benjamin. Er liebt seine Tiere eben.«

»Apropos Tiere, sind irgendwelche Katzen in der Nähe?«

Ich fahre meine Sinne aus und erkenne eine Katze, die in einem der leeren Schlafzimmer schläft. Ich meine ihren Geruch zu erkennen, aber mittlerweile laufen so viele Katzen durchs Haus, dass man sie nur schwer auseinanderhalten kann. In Benjamins Zimmer sind außerdem acht Katzenjunge, aber für unseren Plan brauchen wir erwachsene Katzen.

Ich pfeife laut und höre, wie die Katze als Antwort miaut.

»Eine Katze wird jeden Moment hier sein. Bist du bereit zu gehen?«

Griffon nickt. »Auf geht's! Auch wenn die anderen gewinnen, ist es toll, Zeit mit dir zu verbringen. Nur zu zweit.«

Ich lächle ihn an. »Stimmt. Wir sollten das öfter tun. Aber ohne das Vergiften und Beinahe-Sterben.«

»Bedeutet das, du hättest nichts gegen weiteren Dach-Sex?«

Ich stöhne und dehne meinen Rücken in Erinnerung an die unbequemen Dachziegel. »Doch, hätte ich. Es sei denn, du bringst eine Matratze mit.«

Ein Miau unterbricht unser Geplänkel. James stolziert ins Zimmer, den Schwanz wie immer gerade in die Höhe gereckt. Ich frage mich manchmal, ob er ihn nicht einrollen kann oder ob er sich auf diese Art anziehender oder abschreckender fühlt. Er ist ein kleiner, aber wild aussehender Bengalkater mit braunen Flecken auf dem Rückenfell und zarten Streifen um die Halskrause. Er gehört zu den Katzen, die unseren Umzug nach Attenburg mitgemacht haben.

»Hallo, James.«

Er reibt sich an meinen Waden, und ich kraule ihm als Antwort den Kopf. Er schnurrt, was seinen Schwanz zittern lässt. Ich muss bei dem Anblick lachen. Er hat mich damals zum Hauptquartier der Meute geführt, wo Griffon und ich dann deren Anführer getötet haben. Ich nehme an, James wird auf meiner Seite sein. Das hoffe ich zumindest.

»Haben sie dich hiergelassen?«

Er schickt mir mental ein Bild, wie er auf meiner Brust sitzt und mich am Aufstehen hindert.

Ich kichere. »Du bist meine Wache?«

Er schnurrt bestätigend.

»Willst du dir ein bisschen Katzenminze verdienen?«

Seine Ohrmuscheln zucken. Ich habe seine volle Aufmerksamkeit.

Ich erkläre ihm unseren Plan, halte zwischendrin gelegentlich inne und überprüfe, ob er alles versteht. Katzen sind zwar klug, aber manche Feinheiten gehen beim Übersetzen verloren. Als ich fertig bin, schickt er mir ein Bild, wie er sich mit einem Wollknäuel auf dem Boden wälzt, die Augen gläsern im Katzenminze-Rausch.

Ich grinse und wende mich an Griffon. »Er ist auf unserer Seite.«

»Toll. Wir sollten uns aber jetzt auf den Weg machen, sonst stehlen die anderen den Diamanten, bevor wir dort sind.«

»James, lauf voraus und sag den anderen Katzen

Bescheid. Sag denen, die in unserem Team dabei sein wollen, sie sollen in der Nähe des Veranstaltungsorts auf uns warten, dann sehen wir, wer zu uns gehört. Und mach ihnen vor allen Dingen klar, dass sie Ryker kein einziges Wort sagen dürfen. Das ist unser Geheimnis. Wer sich verplappert, bekommt von mir nie wieder auch nur einen einzigen Krümel Katzenminze.«

Der Kater senkt den Kopf und rennt mit einem letzten Wedeln seines kerzengeraden Schwanzes davon.

Ich tausche einen Blick mit Griffon. »Bist du bereit?«

Er antwortet mit breitem Grinsen. »Nach Ihnen, junge Frau.«.

Die Veranstaltung findet in einer Gruppe miteinander verbundener Pavillons im Botanischen Garten statt. Ich bin zum ersten Mal hier. Mir erschließt sich nicht wirklich der Sinn eines Gartens im Stadtzentrum, für den man auch noch Eintritt bezahlen muss, wenn man doch genauso gut durch die Wälder und Felder in der Umgebung streifen kann. Menschen sind merkwürdige Wesen.

In den Bäumen des Parks hängen bunte Lampions, und eine lange Reihe von Kerzen erleuchtet den Weg zum Ball der Juweliers-Gilde. Ein paar Nachzügler hasten zu den Pavillons, aber Griffon und ich bleiben im Dunkeln, abseits des offiziellen Weges. Der Geruch von einem guten Dutzend Katzen erinnert mich daran, dass wir beobachtet werden. Ich kann nur hoffen, dass sie mit unserem Plan einverstanden sind. Das wird sich gleich zeigen, wenn wir James treffen. Ich atme tief ein auf der Suche nach seiner Duftspur.

»Er ist ganz in der Nähe«, flüstere ich.

Wir ziehen durch die Dunkelheit, ich führe, Griffon folgt knapp dahinter. Er hat mir einmal erzählt, dass seine Sinne besser ausgeprägt sind als die normaler Menschen, dass seine Nachtsicht aber zu wünschen übrig lässt. Ich versuche, einen Weg mit möglichst wenig Wurzeln oder anderen Stolperfallen zu finden. Wenn er sich den Knöchel verstaucht, ist unser Abenteuer vorbei, bevor es richtig begonnen hat.

James erwartet uns zwischen zwei alten Eichen, etwa zweihundert Meter von den Pavillons entfernt. Das Stimmengewirr zusammen mit der Musik ist so laut, dass ich mich sehr auf unsere nähere Umgebung konzentrieren muss, um all den Krach herauszufiltern.

Der Bengalkater hat dreizehn Katzen um sich versammelt. Meine Lieblingszahl. Ich widerstehe der Versuchung, ihm anerkennend den Kopf zu kraulen, denn das könnte seine Autorität innerhalb der Gruppe unterminieren. Wir verschieben die Streicheleinheiten auf die Zeit nach dem Raub.

»Gut gemacht«, flüstere ich. »Ihr wisst alle, was zu tun ist? Ihr dürft Ryker oder Caitlin nichts sagen oder ihnen auf andere Art mitteilen, dass Griffon und ich hier sind.«

Alle vierzehn Katzen bestätigen mir das telepathisch. Manche scheinen engagierter als andere, aber ich denke, keine wird uns verraten. Katzen sind zwar sehr auf ihre Unabhängigkeit bedacht und stur, haben aber doch einen gewissen Ehrbegriff. Der schließt zum Beispiel das Pinkeln nur auf frisch gewaschene Wäsche ein oder sich genau dort hinzulegen, wo ein Mensch sich hinsetzen will.

»Ihr müsst die Gegend patrouillieren«, verkünde ich und bemühe mich, jede einzelne Katze anzusehen, um eine Verbindung mit ihnen herzustellen. »Griffon und ich müssen vielleicht schnell weglaufen und brauchen dafür einen Fluchtweg, auf dem wir nicht von den Menschen gesehen werden. Außerdem sollt ihr Wache halten. Wenn ihr eine Bedrohung seht, jemanden, der sich an uns heranmacht oder – noch schlimmer – merkt, dass der Rest von M.I.A.U. erkennt, dass wir hier sind, müsst ihr uns warnen. Verstanden?«

Sie neigen alle den Kopf. Ryker hat ihnen beigebracht, dass Menschen so Zustimmung signalisieren.

»Gut. Sind einige von euch dicht genug an die Veranstaltung herangekommen, um den Diamanten zu sehen?«

Eine Welle von Fragen trifft mich. Aua. Vierzehn verwirrte Katzen fühlen sich auf der telepathischen Ebene nicht angenehm an.

»Ein Diamant ist ein glänzender Stein«, erkläre ich. »Als hätte jemand einen Stern vom Himmel genommen und ihn in ein Stückchen Felsbrocken verwandelt.«

»Sehr poetisch«, flüstert Griffon. »Und als nächstes kommt *Poesie für Katzen*, von Bestseller-Autorin Katriona Feln?«

Ich fahre meinen Ellbogen aus, will ihm in die Rippen stoßen, treffe aber nur seinen Waschbrettbauch. Trotz der Dunkelheit ist er schnell.

»Habt ihr das alle verstanden?«, frage ich noch einmal.

Diesmal begegnet mir nur Ungeduld. Ich grinse. Diese Katzen sind genauso bereit, sich ihre Katzenminze zu verdienen wie ich.

»James, du bleibst bei uns«, murmele ich. »Vielleicht brauchen wir dich für ein Ablenkungsmanöver.«

Der Bengalkater reibt sich an meinem Bein. So ein süßer Kerl. Aber jetzt ist nicht der Moment für Gedanken daran, wie schön es wäre, ihn schnurrend auf dem Schoß sitzen zu haben, während ich seinen Kopf streichele und ihn hinter den Ohren kraule. Nein, jetzt stehlen wir erst einmal diesen großen Sternenbrocken.

Neunzehn

Es gibt strenge Sicherheitsvorkehrungen in der Nähe der Pavillons. Sie haben den Eingang zum Park nicht kontrolliert; wahrscheinlich dürfen sie das nicht, weil es sich um Gemeindeeigentum handelt. Aber um den Veranstaltungsort ist alle paar Meter ein Wächter postiert. Sie tragen alle diese wenig schmeichelhafte Uniform, in der sie fett und behäbig aussehen. Vielleicht ist das Absicht, um potentielle Angreifer zu täuschen, oder dies sind die schlechtesten Wachposten, die es je gegeben hat. Sie tragen verschiedene Waffen, von Messern über Säbel bis zu Armbrüsten. Aber keiner hält seine Waffe fest in der Hand, was wohl bedeutet, dass sie zurzeit keinen Angriff erwarten. Sie gehen sicher davon aus, dass ihre Anwesenheit eher eine Formalität ist.

»James, wir müssen wissen, in welchem Pavillon der Diamant ausgestellt wird«, flüstere ich, während ich die

Wachposten beobachte. »Und weißt du, wo die anderen sich momentan befinden?«

Er schickt mir ein Bild von Lily am Arm eines älteren Herrn. Sie trägt ein rosafarbenes Ballkleid, das ich noch nie gesehen habe. Es steht ihr äußerlich, hat aber nichts mit ihrer sonstigen Persönlichkeit zu tun. Als nächstes sehe ich Ryker, der auf einem Dach kauert. Ich kann nicht ganz erkennen, auf welchem Pavillon er sich befindet. Es gibt vier davon, alle mit überdachten Passagen untereinander verbunden, die hölzernen Stützen mit Efeu umrankt. Große Rosenbüsche versperren die Sicht darauf, was sich in der Mitte der Gebäude befindet, aber dem Geräusch von fließendem Wasser nach zu urteilen, muss es in der Nähe einen Bach geben. Im Geiste sehe ich einen Teich mit übergewichtigen Koi-Karpfen und ein oder zwei gelangweilten Enten darauf. Das würde in diesen Garten passen.

»Was ist mit den anderen?«, frage ich James.

Er schüttelt den Kopf. Mehr weiß er nicht.

»Gut, ich bin sicher, deine Katzen werden uns bald auf den neuesten Stand bringen. Bis dahin machen wir es auf die altmodische Art.«

»Ich bin gerne altmodisch«, meint Griffon scherzhaft. »Darf ich Ihnen behilflich sein, junge Dame? Darf ich Ihnen die Tür aufhalten? Brauchen Sie Hilfe beim Öffnen des Reißverschlusses an Ihrem Kleid?«

»Ich bin dir gleich beim Sterben behilflich, wenn du damit nicht aufhörst«, fauche ich. »Teilen wir uns auf oder gehen wir alle zusammen?«

»Normalerweise wäre ich für Aufteilen, aber das verdoppelt die Gefahr, gesehen zu werden. Das andere Team macht mir viel mehr Kopfschmerzen als diese Wachposten da.«

»Sehe ich genauso. Fangen wir also mit dem Pavillon dort rechts an. Da riecht es gut.«

Dort wird sich wohl das Buffet befinden. Eine Vielzahl äußerst verlockender Düfte wabert von dort zu uns herüber. Grillhähnchen, karamellisierter Ziegenkäse, knuspriger Schinken, unwiderstehlicher Schokoladenpudding.

»Wir hätten vorher noch was essen sollen«, flüstert Griffon, während wir uns zum Essenspavillon vorpirschen. »Mein Magen fängt gleich an zu knurren.«

»Warum denkst du gehen wir dahin? Ich gehe nicht davon aus, dass sie den Diamanten neben den Grillhähnchen platziert haben.«.

Er lacht. »Du bist so gierig. Und ein schlechter Dieb. Das Essen sollte uns eigentlich nicht ablenken.«

»Nein, sollte es nicht«, stimme ich ihm zu. »Aber wo es schon mal da ist. Jede Wette, dass sie viel zu viel davon haben. Am Ende müssen sie noch einwandfreies Essen einfach wegwerfen, was ethisch nicht zu vertreten ist. Wir helfen also, wenn wir ein oder zwei Teller davon entwenden.«

»Dieser Logik kann ich nichts entgegensetzen. Dach? Ablenkung für die Wachen?«

Ich wende mich zu ihm um und grinse. »Du hast deine Sirenen-Künste doch eine Weile nicht angewendet. Wir können sie unmöglich einrosten lassen, oder?«

Griffon verdreht die Augen. »Aber nur, weil ich auch Hunger habe!«

Wir schleichen uns so weit wie möglich an, ohne unsere Deckung hinter den Büschen verlassen zu müssen. Ich bin demjenigen dankbar, der diese breitblättrigen, dornenlosen Pflanzen hier gesetzt hat. Ein perfektes Versteck.

Sobald wir in Stellung sind, spitzt Griffon die Lippen und pfeift leise. Hört sich nicht anders an, als der Pfeif-ton, mit dem ich eine Katze zu mir rufe. Oder doch - dies ist Musik, die in eine einzige Note verpackt ist und ganz unglaubliche Emotionen und Gedanken hervorruft. Ich konzentriere mich mental auf Abwehr; auch wenn ich Griffons Zauber nicht so schnell erliege wie Menschen, kann er doch ablenkend wirken.

Zwei der Wachen verlassen ihren Posten und kommen auf uns zu. Ihr Gesicht ist ausdruckslos, der Blick geht ins Leere. Sie stehen in Griffons Bann.

Als sie uns erreicht haben, streckt er schnell seinen Arm aus und berührt sie. Das wird seine Macht über die Beiden noch verstärken, wie er mir einmal erklärt hat.

Sein gepfiffenes Lied ändert sich, wird ruhiger, erfüllt mich aber mit immer größerer Dringlichkeit. Den Wachen muss es genauso gehen, nur dass sie es viel stärker spüren. Sie drehen sich um und eilen zurück zum Pavillon.

»Ich habe sie angewiesen, uns eine bunte Platte zu machen«, sagt Griffon, nachdem er auf diese Weise seine bezaubernde Melodie unterbrochen hat.

»Fantastisch. Wird aus unserem Raubzug jetzt ein Picknick?«

Er zuckt mit den Schultern. »Die größten Abenteuer wurden schon immer von einem epischen Gelage begleitet.«

»Wirklich?«

»Von nun an auf jeden Fall. Die Katzen können ja schon mal ein bisschen Laufarbeit erledigen, während wir uns etwas ausruhen. Du musst schließlich erst wieder zu Kräften kommen.«

Er hat recht, auch wenn ich eigentlich protestieren möchte.

»Essen hilft da immer«, erwidere ich scherzhaft, weil ich nicht offen zugeben will, dass ich noch nicht wieder ganz die Alte bin. Der Heilungsprozess dauert noch an. Ich spüre beinahe, wie sich die beschädigten Zellen erst wieder in Form bringen, und das wird geraume Zeit dauern. Was auch immer dieses Gift genau war, ich möchte nie wieder damit in Berührung kommen.

Wir setzen uns ins Gras und warten auf die Rückkehr der Wachen. James legt sich ein paar Meter von uns entfernt hin. Ich wünschte, ich könnte mir wenigstens vorstellen, dass wir hier nur zu zweit wären, aber da gibt es viel zu viele Geräusche und Gerüche, die sich aufdrängen. Ich lasse meine Gedanken treiben, erhasche ein paar Gesprächsfetzen, die von den Pavillons herüberwehen.

»...hast du schon den Wein probiert? Er ist in schwarzen Eichenfässern gereift...«

»...meine Arthrose plagt mich heute wieder fürchterlich...«

»...frage mich, wie es Kat wohl geht.«

Ich stehe sofort unter Spannung und konzentriere mich auf diese Stimmen. Es ist schwer, einem bestimmten Gespräch zu lauschen, aber es hilft, dass ich weiß, wer da spricht. Es ist Lady Lara, die Bürgermeisterin von Attenburg.

»Sie ist auf dem Weg der Besserung«, antwortet Lennox. »Sie hätte Sie heute so gerne begleitet, war dazu aber noch nicht in der Lage.«

Ich knurre. Das hört sich an, als sei ich ein Invalide.

»Was ist los?«, fragt Griffon, aber ich bedeute ihm mit einer Handbewegung zu schweigen.

»Sie können ihr ausrichten, dass sie das wunderschöne Kleid, das Frau Tailleur ihr genäht hat, zu einer künftigen Gelegenheit tragen kann«, fährt Lara fort, mit unüberhörbarem Sarkasmus in der Stimme. Sie weiß genau, wie wenig mir das gefallen wird.

»Ich bin sicher, sie wird sich freuen«, antwortet Lennox mit ebenso ironischem Unterton.

Am liebsten würde ich den Beiden etwas an den Kopf werfen. Sich so über mich lustig zu machen, das gehört sich nicht – ich hatte allerdings nichts anderes erwartet. Hätte ich an ihrer Stelle genauso gemacht.

»Haben Sie den Diamanten schon gesehen?«, fragt Lennox unschuldig. »Ich habe mir sagen lassen, er soll wirklich etwas ganz Besonderes sein.«

»Wer hat Ihnen von dem Diamanten erzählt?«

Ich kann beinahe sehen, wie Lady Lara ihre perfekt geschwungenen Augenbrauen hochzieht.

»Ich darf meine Quellen nicht nennen«, hält sich

Lennox bedeckt. »Aber wir mussten natürlich Erkundigungen einziehen, um unsere Schutzmaßnahmen danach ausrichten zu können. Das schließt mögliche Diebe ein, die hinter dem wertvollsten Stück bei dieser Veranstaltung her sein könnten.«

»Nicht so laut«, flüstert Lara. »Es soll eine Überraschung sein. Der Diamant soll am Ende des Abends enthüllt werden, als Zeichen dafür, was die Gilde erreichen kann, wenn alle an einem Strang ziehen. Mein letzter Stand ist, dass sie ihn unter allen Mitgliedern der Gilde aufteilen wollen.«

Ich ziehe vor Überraschung hörbar die Luft ein. Griffon wirft mir einen fragenden Blick zu, aber ich kann jetzt keine Erklärungen abgeben, sondern muss mich weiter aufs Lauschen konzentrieren.

Lennox scheint genauso perplex zu sein. »Wie – sie wollen den Diamanten zerstören?«

»Ja, er ist viel zu wertvoll, als dass man ihn irgendwo sicher verwahren könnte. Egal, wie streng die Sicherheitsvorkehrungen wären, irgendjemand würde immer versuchen, ihn zu stehlen. Wenn man ihn in Stücke bricht, erhält jeder einen Anteil an diesem Reichtum. Aber nicht jeder hat diesem Vorhaben zugestimmt, ich weiß also nicht, ob das jetzt der offizielle Plan ist oder nicht.«

Griffons Pfeifen unterbricht mein angespanntes Lauschen. Die beiden Wachen sind zurückgekommen, jeder trägt ein Tablett voller Essen. Sie haben ihre Sache gut gemacht. Mir läuft beim Anblick der panierten Hühnerschlegel das Wasser im Munde zusammen. Ich schnappe mir einen, bevor der Wachmann das Tablett abgestellt hat.

»Ihr könnte jetzt auf eure Posten zurückgehen«, sagt Griffon mit leiser, melodischer Stimme. »Ihr werdet euch an nichts erinnern. Solltet ihr uns später sehen, werdet ihr uns nicht beachten.«

Die Wachen neigen den Kopf und gehen davon, ohne sich noch einmal umzudrehen. Ich bin mir sicher, dass er dieses kleine Schauspiel für mich inszeniert hat. Er hätte die Anweisungen auch einfach in seinen Zauber einschließen können, möchte aber wahrscheinlich ein bisschen Anerkennung.

»Hast du gut gemacht«, sage ich lächelnd. »Also dann, ran an den Speck.«

Ich greife mir gleich zwei Hühnerbeine, für jede Hand eines, und reiße mit den Zähnen das saftige Fleisch herunter. Köstlich.

»Was hast du herausgefunden? Du hast eine ganze Weile gelauscht.« Griffon lässt sich mehr Zeit bei der Auswahl seiner Speisen. Bis er anfängt, habe ich die Schlegel schon verschlungen.

»Lara und Lennox«, erkläre ich zwischen zwei Bissen.

»Lara? Du nennst sie jetzt Lara?«

Ich zucke mit den Schultern. »Hat sie mir angeboten. Sie mag Förmlichkeiten genauso wenig wie ich.«

Er behält seinen skeptischen Blick, verfolgt diesen Punkt aber nicht weiter. Stattdessen steckt er sich eine Weintraube in den Mund.

Ich muss lachen.

»Was ist?«

»Hier steht dieses tolle Essen und du nimmst dir eine Traube? Die kannst du doch immer haben!«

»Ich mag eben Trauben«, meint er abwehrend. »Und ich weiß, dass es mir schlecht bekommen könnte, dir etwas wegzuessen.«

»So schlimm bin ich doch gar nicht.«

»Doch. Du bist unersättlich.« Er grinst mich frech an. »Nicht nur in einer Hinsicht.«

»Hör mit den Anspielungen auf und iss lieber«, befehle ich. »Wir haben viel Zeit. Sie werden den Diamanten erst am Ende des Abends zeigen.«

Ich fasse zusammen, was ich dem Gespräch von Lara und Lennox entnommen habe. Griffon ist ähnlich schockiert wie ich es war, dass der Diamant zerstört werden soll. Gut, er wird nur in seine Einzelteile zerlegt, aber trotzdem erscheint mir das merkwürdig.

»Das muss der Grund dafür sein, warum jemand ihn stehlen lassen will«, sage ich, als ich fertig gegessen habe. »Vielleicht geht's dabei gar nicht um Geld. Der Stein soll nur in seiner ganzen Pracht erhalten bleiben.«

»Was bedeuten würde, dass der Initiator des Raubzugs ein Mitglied der Gilde ist.«

»Genau. Oder jemand, der sich in der Organisation sehr gut auskennt. Es könnte auch ein Familienangehöriger eines Mitglieds sein oder ein Angestellter.«

»Das bezweifle ich«, meint Griffon nachdenklich. »Dieser Angestellte müsste über erstaunliche Reichtümer verfügen, wenn er den Diamanten später von uns kaufen wollte. Vielleicht sollten wir herausfinden, wer das reichste Mitglied der Gilde ist.«

Ich nicke. »Sobald wir den Diamanten haben, können wir ein paar Nachforschungen anstellen. Aber erst müssen wir ihn stehlen, und möglichst noch vor den anderen.«

Ich sehe mich nach James um. Er ist nicht mehr da, wo er vorher gelegen hatte, muss wohl fortgelaufen sein, als ich mit Lauschen beschäftigt war. Ich nutze meine Sinne und finde schnell seine Duftspur. Er ist nicht weit entfernt und umgeben von den Geräuschen anderer Katzen. Anscheinend berichten sie ihm gerade, was sie in Erfahrung gebracht haben. Wieder einmal klopfe ich mir in Gedanken anerkennend dafür auf die Schulter, dass ich die Katzen in unsere Arbeit mit eingebunden habe. Sie sind einfach die besten Spione. Kein Mensch wird je ihren Grad an Gerissenheit und Schläue erreichen.

Bis James zurückkehrt, esse ich noch etwas. Diese schokolierten Granatapfelsamen sind einsame Spitze. Ich könnte sie leicht alle aufessen, lasse aber anstandshalber ein paar für Griffon übrig. Aus irgendeinem unerfindlichen Grund hat er sich auf die Trauben beschränkt, während ich die ganzen Fleischgerichte vernichtet habe. Solch gutes Essen bekomme ich nicht alle Tage. Der Kochkurs für Caitlin steigt immer höher auf meiner Prioritätenliste. Diese Hühnerschenkel waren einfach zum Sterben gut, also müsste das eigentlich in ihren Kompetenzbereich fallen.

In weiterer Entfernung hört die Musik auf, und der allgemeine Geräuschpegel sinkt.

»Was machen die da?«, fragt mich Griffon.

Ich konzentriere mich auf die Geräusche, die von den Pavillons herüberdriften. »Ansprachen. Der arme Lennox, er wird sie sich zusammen mit der Bürgermeisterin alle anhören müssen.«

Ich bin ganz froh, jetzt nicht bei Lady Lara zu sein.

James miaut, um meine Aufmerksamkeit auf sich zu lenken. Die anderen Katzen sind fortgezogen, und er ist wieder bei uns. Sein Schwanz steht stocksteif in die Höhe, und er sieht mich erwartungsvoll an.

Mir wird gerade bewusst, dass ich ein Stück Bratwurst in der Hand halte. Seufzend reiche ich es ihm. Die hat er sich wohl zusätzlich zu der versprochenen Katzenminze verdient.

Er schluckt die Wurst mit einem Bissen hinunter und sucht sofort nach mehr.

»Tut mir leid, das war das letzte Stück«, sage ich lachend. »Die anderen hab ich alle gegessen.«

Er starrt mich an, als habe ich ein Verbrechen begangen.

»Eh, du kriegst nachher doch Katzenminze, also beschwer dich nicht. Was haben die anderen Katzen dir denn erzählt?«

Eine Flut von Bildern stürzt auf mich ein, zu schnell, als dass ich noch hinterher käme.

»Langsam«, mahne ich. »Du weißt doch, dass das sonst nicht funktioniert.«

Er sieht mich so an, als würde er gern die Augen verdrehen und beginnt dann noch einmal von vorne, diesmal langsamer, bis ich es mehr oder weniger verstanden habe.

Als er fertig ist, kraule ich ihn ein bisschen hinter den Ohren.

»Gut gemacht. Griffon, ich glaube, es ist an der Zeit, den Diamanten zu stehlen.«

ZWANZIG

Es ist nur eine Frage der Zeit, bis die anderen uns bemerken werden. James hat mir telepathisch verschiedene Fälle gezeigt, in denen andere Katzen überzeugt werden mussten, Ryker nichts zu sagen. Momentan können wir die Katzen noch mit ihrer Vorliebe für Katzenminze unter Kontrolle halten. Ich bezweifle aber, dass sie sich Rykers direktem Befehl widersetzen würden, also müssen wir dafür sorgen, dass er weiter nichts ahnt. Lennox und Lily können wir am leichtesten aus dem Weg gehen, weil sie sich in der Menge befinden. Caitlin schleicht um den Pavillon, der sich am weitesten entfernt befindet, und es sieht so aus, als hätte sie da noch eine Weile zu tun. Allerdings hat nur eine der Katzen Benjamin gesehen, und das ist schon ein paar Minuten her. Er wird inzwischen weitergegangen sein.

Benjamin verfügt als Dieb wirklich über erstaunliche Fähigkeiten, denn er kann sich in einer Menschenmenge praktisch unsichtbar machen. Er sieht so normal aus, fast schon langweilig. Niemand würde ihn eines Blickes würdigen, wenn er es nicht darauf anlegte. Was er nicht tut. Nachts wird er selbst zum Schatten, ist schnell und unglaublich schwer zu fangen. Ich frage mich manchmal, ob er wirklich zu einhundert Prozent ein Mensch ist.

»Benjamin ist in einen der Pavillons durch die Hintertür eingedrungen«, erzähle ich Griffon, während ich die Bilder noch einmal durchgehe, die James mir gefunkt hat. »Die scheint nur von Lieferanten benutzt zu werden. Leider sehen diese Gebilde für mich alle gleich aus, ich habe also keine Ahnung, wo genau er hineingegangen ist.«

»Das ist auch egal, wir sollten vielmehr ausnutzen, dass alle im Moment durch die Ansprachen abgelenkt sind. Haben die Katzen dir gezeigt, welcher der Pavillons der am wenigsten stark bewachte ist?«

Ich nicke. »Genau dahin gehen wir gerade.«

Ich führe ihn weg von dem Buffet-Pavillon und achte darauf, hinter den Büschen vor den Wachen verborgen zu bleiben. Der Verbindungsweg zwischen diesem Fresstempel und dem Pavillon rechts davon ist mit Rosenbögen verziert. Hübsch, aber überflüssig.

Nur wenige Gäste treiben sich hier herum. Dies sind wohl die Rebellen, die sich weigern, den Reden zu lauschen. Ich fühle mich ihnen verbunden, bis ich ihre vornehmen Kleider sehe und ihren Oberklassen-Akzent höre. Nein, doch nicht. Zwei von ihnen, ein Mann und eine Frau, kommen gerade aus dem Pavillon heraus und bleiben in der Mitte des rosenverzierten Ganges stehen.

»Ich liebe dich so sehr«, sagt die Frau laut.

»Ich werde dich hier nehmen, genau hier und jetzt«, antwortet der Mann ähnlich theatralisch.

Mir zieht sich innerlich alles zusammen. Das muss ich nicht mit ansehen.

»Warte mal«, flüstert Griffon, als ich mich von dem Paar abwende. »Ich glaube, da ist was im Busch.«

»Willst du im Ernst mit ansehen, wie die Sex haben?«

»Nee, ich will sehen, was sie machen, während sie so tun, als hätten sie Sex. Sie haben ihre Absichten so laut verkündet, damit es jedem peinlich ist, genauer hinzuschauen.«

Ja, das hat bei mir auf alle Fälle funktioniert. Wir warten in unserem Versteck und beobachten die Beiden. Sie stehen dicht beieinander, küssen sich aber nicht und machen auch sonst nichts. Griffon hatte recht. Es ist nur Schauspielerei.

»Ich weiß, wo er ist«, flüstert die Frau so leise, dass Griffon es mit Sicherheit nicht hören kann. Sogar ich muss meine Katzensinne anstrengen, um ihre Worte verstehen zu können.

»Sag's mir«, murmelt der Mann. Seine Stimme ist jetzt kalt, beinahe drohend.

»H-hast du meine Bezahlung?«. Es hört sich so an, als hätte sie Angst vor ihm. Das wird immer interessanter.

»Wirst du bekommen, sobald du deinen Teil unserer Abmachung erfüllt hast«, faucht der Mann. »Also, wo ist der Diamant?«

Ich halte den Atem an. »Die sind auch hinter dem Diamanten her«, flüstere ich Griffon zu. »Ich wüsste gern, ob sie denselben Anweisungen folgen, die wir erhalten haben, oder ob sie unabhängig davon handeln.«

»Im Teich«, antwortet die Frau zögernd. »Im Teich befindet sich eine Plattform, die hochgefahren werden kann, um dem Publikum den Diamanten zu zeigen. Auf diese Art kann niemand zu dicht an ihn herankommen.«

»Im Teich also«, wiederholt der Mann. »Das ist schlau. Kannst du ihn holen?«

»Sir, ich sollte Ihnen doch nur den Ort sagen«, stammelt sie.

»Und jetzt sage ich dir, du sollst mir den Diamanten holen. Du willst mich doch nicht enttäuschen, oder?«

»N-nein. Es ist nur – ich kann nicht schwimmen.«

Ohne Vorwarnung greift er sie an der Schulter und presst sie gegen einen der Rosenbögen. Sie schreit auf vor Schmerz, als die Dornen ihre Haut durchbohren.

»Du tust besser, was ich dir sage«, faucht er. »Du weißt doch, was mit Leuten geschieht, die sich mir widersetzen.«

»Ja, Sir«, wimmert die Frau. »Ich hole ihn.«

»Gut. Jetzt mach deine Arbeit. Ich werde unterdessen dafür sorgen, dass man mich bei den Ansprachen im Publikum sieht. Muss schließlich auf meinen guten Ruf achten.«

»Der Diamant ist im Teich«, erkläre ich Griffon, während wir den Mann beim Weggehen beobachten. »Sieht so aus, als müsste einer von uns nass werden.«

Er lacht. »Und das schließt dich wohl aus.«

»Ich bin eine Katze. Wir mögen kein Wasser. Du bist

ein Siron. Wasser ist dein Element. Also – einfache Entscheidung.«

»Sirenen leben schon seit ungefähr einhundert Generationen nicht mehr im Wasser. Das weißt du aber schon. Ich erkläre es dir jedes Mal, wenn ich etwas zu soll, was mit Wasser zu tun hat.«

Ich zucke mit den Schultern. »Irgendwo in deinen Genen wird die Liebe zum Ozean noch verankert sein. Also los jetzt, bevor die Frau sich noch ertränkt.«

Wir haben Glück. Die Wachen, die hier stationiert sein sollten, halten sich noch immer fern und wissen offenbar nicht, dass hier keiner mehr wilden Sex hat. Ganz schön schlau, die Aufmerksamkeit abzulenken, indem man sie zuerst auf sich lenkt. Das werde ich mir für die Zukunft merken, wo ich doch über drei großartige Kerle verfüge, die mir überall hin folgen.

Da uns dicke Hecken daran hindern, einfach so in den von Pavillons umstellten Raum zu laufen, wo ich den Teich vermute, nehmen wir das Dach. Wir könnten versuchen, uns durch das Gebäude hindurch zu schmuggeln, aber dies ist sicherer.

James rennt los, sobald er uns die Wände hochklettern sieht. Ich bin mir sicher, er findet einen schnelleren Weg ans Ziel. Am liebsten würde ich mich wandeln, widerstehe aber dem Drang. Nicht jetzt. Ich hätte schließlich nicht die Größe einer Hauskatze und würde noch mehr auffallen als jetzt in meiner Killer-Ausstattung. Später, wenn alles erledigt ist, werde ich mich wandeln und laufen gehen, gebe ich mir selbst ein Versprechen.

Griffon erreicht etwas schneller als ich das Dach.

»Alles OK?«, fragt er, als ich mich über die Dachkante schwinge. »Du bist langsamer als normal.«

»Normalerweise werde ich auch nicht vergiftet und gehe fast zugrunde dabei.«

»Stimmt. Willst du eine Verschnaufpause?«

»Träum weiter. Wir sollten unser Ziel erreichen, bevor wir zusätzlich zum Diamanten auch noch eine Leiche dort vorfinden.«

Wir schleichen uns beinahe lautlos über das flache Dach. Wenn doch alle Dächer so flach und leicht zu nehmen wären! Als wir die andere Seite erreichen, können wir endlich sehen, was sich in der Mitte der Pavillons verbirgt. Der Teich ist eher ein kleiner See. Seerosen wachsen am Ufer entlang. Ich schnüffele – Fische. Sollten tatsächlich Koi-Karpfen dort im Wasser sein, werde ich mir eine Extra-Portion Katzenminze als Belohnung für meine prophetischen Gaben genehmigen.

Am gegenüberliegenden Ufer ist eine Bühne errichtet worden. Einige Bedienstete und Wachleute verteilen sich in dem offenen Gelände, aber die meisten Gäste hören sich noch immer die langweiligen Reden an. Einmal mehr bedauere ich Lennox und Lara ein ganz kleines bisschen.

»Ich sehe sieben Wachen«, flüstert Griffon. »Hast du die Frau gesehen?«

»Nein, und ich kann sie auch nicht riechen. Ich frage mich, ob sie weggelaufen ist, statt hier möglicherweise zu ertrinken.«

»Das könnte ich ihr nicht verdenken. Nutzen wir ein Ablenkungsmanöver oder versuchen wir einfach so, uns an den Wachen vorbeizuschleichen?«

Noch bevor ich antworten kann, nehme ich einen neuen Geruch wahr. Benjamin. Ganz in der Nähe. Ich wende mich in die Richtung, aus der der Geruch kommt, sehe ihn aber nicht. Ich hoffe, er hat uns nicht entdeckt. Zum Glück bin ich die einzige mit diesem ausgeprägten Geruchssinn.

»Benjamin ist ganz in der Nähe«, warne ich Griffon. »Sei vorsichtig.«

Er nickt. »Eine Spur von Ryker?«

»Nein, und die anderen sind noch unter den Gästen. Solange wir Benjamin aus dem Weg gehen können, müsste alles in Ordnung sein.«

Merkwürdig, dass wir noch nicht auf Ryker gestoßen sind. Seine Katzen halten sich anscheinend an ihren Teil der Abmachung. Ich glaube schon, dass er nachher ziemlich wütend auf sie sein wird. Und auf mich. Aber gut, damit kann ich leben, solange ich einen dicken, fetten Diamanten in meiner Tasche habe.

Wir klettern die Wand hinunter und springen leichtfüßig ins weiche Gras. Es ist eine angenehme Abwechslung, nicht wie üblich auf steinigem Untergrund zu landen. Hecken und Büsche säumen die Seite des Gebäudes, wir verstecken uns also sofort hinter dem nächstgelegenen. Ich atme wieder tief ein und filtere den Luftstrom nach vertrauten Gerüchen. Noch immer keine Spur von der Frau oder dem Rest meines Teams. Das ist kein einfaches Unterfangen. Die größte Herausforderung wird wohl, den Diamanten aus dem Teich zu holen. Zum Glück macht es Griffon nichts aus, nass zu werden. Jedenfalls macht es ihm weniger aus als mir.

Eine Katze nähert sich uns von der rechten Seite. Es ist nicht James, aber ich erkenne sie von früher. Sie gehört zu unserem Team. Sie schickt mir ein Bild von Ryker, der gerade ein großes Stück Schinken verdrückt. Aha. Damit ist er also beschäftigt. Ich grinse. Hätte ich wissen können. Wir sind uns in dieser Hinsicht doch sehr ähnlich.

»Sorg dafür, dass er beschäftigt ist«, flüstere ich. »Je länger du ihn von hier fernhalten kannst, umso mehr Katzenminze bekommst du später.«

Die Katze schnurrt und rennt davon, bevor ich noch mehr sagen kann. Ich seufze und pfeife. Drei andere Katzen kommen angesprungen, alle aus James' Team.

»Ihr müsst die Wachen ablenken«, fordere ich sie auf. »Versucht's erst auf die sanfte Tour und umschmeichelt sie. Wenn das nicht funktioniert, geht ihnen auf die Nerven, greift sie an, macht, was ihr wollt. Sie dürfen nur nicht bemerken, was sich am Teich abspielt.«

Eine Welle der Vorfreude rollt auf mich zu. Diese Katzen freuen sich diebisch darauf, diese Menschen-Wachen zu manipulieren. Das überrascht mich nicht wirklich.

»Hört erst auf, wenn ich wieder pfeife, OK?«

Alle drei neigen den Kopf bejahend, bevor sie loslaufen, jede in eine andere Richtung.

»Ich liebe Katzen«, seufzt Griffon. »Wie bin ich früher nur ohne sie ausgekommen?«

»Freut mich, dass du uns liebst. Mich aber am meisten, hoffe ich.«

Er lacht und küsst mich auf die Wange. »Angelst du gerade nach Komplimenten?«

»Nein, aber gleich nach Diamanten. Ich höre, das die Wachen sich gerade mit den Katzen abgeben, also los jetzt.«

Wir verlassen unsere Deckung hinter dem Gebüsch und eilen auf das nächstgelegene Ufer des Sees zu. Die Dunkelheit ist unser Verbündeter, denn dicht am Teich sind keine Laternen aufgestellt.

Wir knien am Teich nieder und verhalten uns so ruhig wie möglich, während wir die Lage überdenken. Der Fischgeruch ist viel stärker geworden, aber ich erkenne ihn nicht. Es riecht nicht nach Karpfen, so viel steht fest. Und da ist noch ein anderer Geruch, der nichts mit Fisch zu tun hat. Blut.

»Kat?«, flüstert Griffon. »Hatte die Frau schwarze Schuhe mit goldenen Schnallen an?«

»Ja.«

»Dann weiß ich jetzt, wo sie hingegangen ist.«

Ich schaue auf die Stelle, wo er hinzeigt. Ein Schuh ragt zur Hälfte zwischen den großen Blättern der Seerosen hervor. Der Blutgeruch ergibt jetzt Sinn. Der Frau ist etwas passiert, und sie ist nicht einfach nur ertrunken. Dabei blutet man normalerweise nicht, es sei denn, man stellt es wirklich blöd an.

»Ich glaube, da ist etwas im Wasser«, murmelt Griffon ahnungsvoll. »Wir sollten uns besser davon fernhalten.«

»Falls du es noch nicht mitbekommen hast, in dem

Teich da ist ein Diamant, und den müssen wir holen, wenn wir den Wettkampf gewinnen wollen.«

»Lohnt es sich, dafür gefressen zu werden?«

Ich seufze. »Wir wissen doch gar nicht, ob sie gefressen wurde. Ich kann unter der Wasseroberfläche nichts erkennen. Das Wasser ist zu schlammig.«

»Was könnte sich darin verbergen? Irgendein Süßwasser-Monster?« Er taucht einen Finger ins Wasser. »Ja, ist kein Meerwasser. Gibt es überhaupt Monster, die in einem Teich dieser Größe überleben könnten?«

Ich zucke mit den Schultern. »Da bin ich überfragt.«

Ich pfeife eine Katze zu uns heran und hoffe, sie wurde von keiner der Wachen beim Überqueren des Rasens gesehen.

»Bring uns ein bisschen Fleisch«, weise ich sie an. »Möglichst rohes. Nein, du kannst es nicht selber essen. Wir brauchen ein ganzes Stück, verstanden?«

Der Kater scheint ein bisschen verärgert zu sein, schickt mir dann aber eine Bestätigung und eilt davon.

»Guter Gedanke«, sagt Griffon. »Ich würde da nicht gerne meine Hand hineinhalten, um festzustellen, was unter der Oberfläche lauert.«

Ich höre einen Zweig brechen, und nehme gleich darauf einen vertrauten Geruch wahr. Benjamin.

Er hat uns gefunden.

Einundzwanzig

»Na so was, hätte nicht gedacht, dich hier zu treffen«, murmelt unser Dieb und lässt sich neben mir auf den Boden gleiten. »Solltest du nicht eigentlich im Bett liegen?«

Ich knurre ihn an »Wenn du irgendjemandem erzählst, dass ich hier bin, werde ich dafür sorgen, dass du die nächsten drei Wochen selbst an dein Bett gefesselt verbringen wirst. Verstanden?«

Er hält beschwichtigend die Hände hoch. »Eh, ich hatte doch nie vor, dich zu verpfeifen. Hatte schon damit gerechnet, dich hier zu finden. Es ist ja nicht gerade dein Ding, zu Hause zu bleiben, egal, wie krank du bist.«

»Mir geht's gut«, sage ich ganz automatisch. »Das Gift ist schon aus meinem Körper raus.«

Griffon räuspert sich. Ich starre ihn nieder, und er entgegnet besser nichts. Braver Junge. Ich bin vollkommen gesund. Die anderen sollen mich nicht dauernd fragen, wie's mir geht. Das geht mir auf die Nerven.

»Was hast du bis jetzt herausgefunden?«, frage ich Benjamin.

»Da du auch hier bist, wahrscheinlich dasselbe wie ihr. Der Diamant ist in dem Teich. Ich habe lange gebraucht, bis mir eine der Bedienungen das endlich gesagt hat. Sie hatte im wahrsten Sinne des Wortes ihre Hände in meiner Hose...«

»Keine Details, bitte«, unterbreche ich ihn. »Geschmacklos. Du bist schließlich mein Angestellter.«

»Aber bei Lily macht's dir nichts aus, wenn sie dir von ihren Eroberungen erzählt«, protestiert er.

»Ja, aber Lily ist auch kein Kind mehr. Außerdem ist sie zur Hälfte eine Succuba. Ihr liegt das Verführen im Blut. Dir eher weniger. Weißt du sonst noch etwas über den Stein? Oder hast du noch jemanden gesehen, der hinter ihm her ist?«

»Ich habe viel Klatsch und Tratsch über die Stadt gehört, mehr als mir lieb ist, aber nichts, was uns weiterbringen würde. Wieso seid ihr noch hier und taucht nicht schon im Wasser nach dem Diamanten?«

Ich zeige auf den Schuh. »Das hat schon jemand versucht und es mit dem Leben bezahlt. Das Wasser riecht nach Blut. Wir haben keine Ahnung, was in diesem Teich lauert und sind gerade nicht erpicht darauf, es herauszufinden.«

In diesem Augenblick kehrt der Kater zurück. Er trägt ein großes Stück rohen Schinken im Maul. Obwohl ich gerade gegessen habe, läuft mir das Wasser im Munde zusammen. Da würde ich jetzt gerne reinbeißen, aber wenn der Kater sich beherrschen konnte, muss mir das auch gelingen.

»Mal sehen, ob wir damit zum Vorschein bringen, was immer sich im See befindet«, murmele ich und reiße das Schinkenstück in zwei Teile. Der Kater sieht mich erwartungsvoll an, aber ich muss ihn enttäuschen.

Ich werfe ein Schinkenstück in die Mitte des Teichs. Es landet mit lautem Klatschen darin, gefolgt von hunderten von Platsch-Geräuschen, während das Wasser scheinbar brodelt. Kleine Fische reißen Stücke aus dem Fleisch, einige springen sogar aus dem Wasser, um sich in eine bessere Position zu bringen. Die Wasseroberfläche ähnelt einem einzigen Schlachtfeld.

»Die Piranos sind heute aber aktiv«, bemerkt einer der Wachleute in einiger Entfernung. Ich rühre mich nicht und hoffe, dass uns die Dunkelheit verbirgt. Eine Katze miaut direkt bei den Wachen.

»Ja, ja, schon gut. Du bekommst noch ein paar Streicheleinheiten«, grunzt der Wachmann gutmütig, und einen Moment danach höre ich die Katze schnurren und bin beruhigt, dass die Ablenkung funktioniert hat.

»Piranos«, wiederholt Benjamin. »Hier in Attenburg!«

»Was sind das für Tiere?«, frage ich.

»Fische. Tödliche Biester. Rotbäuchige Piranos sind bekannt als besonders blutdürstig. Sie fressen alles und jedes, was ihnen vor die Zähne kommt, manchmal sogar Artgenossen. Eine grandiose Idee, sie zur Bewachung des

Diamanten einzusetzen. Da kommt keiner ran, ohne zerfleischt zu werden.«

Ich seufze. »Du weißt aber schon, dass das uns einschließt. Oder kennst du einen Weg, wie wir sie ruhigstellen können?«

»Nein, ich bezweifle, dass es da eine Möglichkeit gibt. Sie folgen nur ihrem Instinkt, und wenn der ihnen sagt, dass es was zu fressen gibt, greifen sie an.«

Ich wende mich um zu Griffon. »Kann dein Zauber da etwas ausrichten?«

»Ich bin mir nicht sicher. Ich habe noch nie versucht, eine weniger intelligente Lebensform als einen Hund zu beeinflussen. Und bei Hunden ist das leicht, weil sie darauf programmiert sind, zu tun, was man ihnen sagt. Vielleicht sollten wir lieber versuchen, die Plattform zu heben.«

»Das würde aber sofort die Wachen alarmieren«, wende ich ein. »Da müsste schon ein gewaltiges Ablenkungsmanöver her. Nein, wir müssen schnell handeln, noch bevor die Reden zu Ende sind.«

Griffon sieht nicht gerade glücklich aus, nickt dann aber. »Ich kann's versuchen. Aber seid nicht enttäuscht, wenn es nicht funktioniert.«

»Du machst das sicher ganz toll«, meint Benjamin mit seiner üblichen Begeisterungsfähigkeit.

Griffon sieht ihn mit hochgezogenen Augenbrauen an, schaut dann aber wieder auf den Teich. Ich drücke die Daumen und gleichzeitig auch noch die Zehen. Das muss einfach gutgehen, sonst müssen wir uns etwas Neues einfallen lassen, und das würde wahrscheinlich auf weitere

Ablenkungsmanöver, Kämpfe und Verfolgungsjagden hinauslaufen. Und es macht keinen Spaß, wenn man selbst der Verfolgte ist, normalerweise sind wir die Verfolger.

»Kat, sag den Katzen, sie sollen Krach machen«, murmelt Griffon mit gerunzelter Stirn, hoch konzentriert. »Ich muss in diesem Fall singen.«

Ich nicke und pfeife in einer Tonlage, die für menschliche Ohren nicht hörbar ist. Diesmal kommt James angelaufen. Ich wüsste gern, wo er sich herumgetrieben hat, aber wir haben jetzt keine Zeit für Erkundigungen.

»Wir brauchen eine geräuschvolle Ablenkung«, erkläre ich ihm. »Sofort. Fangt einen Streit an oder greift eine Wache an, mir egal, aber es muss jetzt gleich sein.«

Er neigt den Kopf und verschwindet in der Nacht.

»Es wäre schon höflich, bitte und danke zu sagen«, flüstert Benjamin. »Dein Benehmen lässt zu wünschen übrig.«

Ich würde ihn gern ohrfeigen, aber als ich M.I.A.U. gegründet habe, schwor ich mir, nie die Hand gegen einen meiner Angestellten zu erheben. Manchmal ist es schwer, diese Selbstverpflichtung einzuhalten, besonders bei Bethany. Benjamin gehört normalerweise zu denen, die mich am wenigsten dazu herausfordern.

Großes Getöse in einiger Entfernung lässt mich beinahe hochfahren. Hört sich an, als hätten hunderte von Tellern gleichzeitig beschlossen, auf dem Steinboden gemeinschaftlichen Selbstmord zu begehen. Schlaue Katzen!

Wie erhofft laufen die Wachleute dem Krach nach,

um uns herum ist der Hof verwaist. Sobald sie gegangen sind, beginnt Griffon zu summen. Am Anfang steht eine vertraute Melodie, die ich schon kenne, die sich aber ändert, sobald er anfängt zu singen. Keine Ahnung, wie er das macht, aber der Summton bleibt als unterstützende Melodie erhalten, während er darüber singt. Die Magie der Sirenen wird wohl auf ewig ein Buch mit sieben Siegeln für mich bleiben. Ich bezweifle sogar, dass Griffon selbst genau weiß, wie das vor sich geht.

Das Wasser im Teich war wieder ruhig geworden, nachdem die Fische ihre Mahlzeit beendet hatten, aber jetzt, wo Griffon singt, erscheinen sie in einer bläulichen Masse an der Wasseroberfläche. Mir läuft ein Schauer über den Rücken. Sie sind nicht größer als mein Handteller, aber ihre Mäuler machen beinahe die Hälfte ihres Körpers aus; und die sind mit rasiermesserscharfen Zähnen gefüllt und verfügen über so kräftige Kiefer, dass auch Knochen ihnen nicht standhalten würden. Es müssen mindestens hundert an der Zahl sein. Kein Wunder, dass von der Frau nichts mehr übrig geblieben ist. Nichts außer diesem Schuh, der sich in den Seerosen verfangen hat. Im Stillen danke ich dieser namenlosen Frau. Ohne sie wäre Griffon ins Wasser gegangen und hätte ein ähnliches Schicksal erlitten.

Ich erschauere erneut. Ich hätte ihn verlieren können. Dieser Gedanke erschreckt mich zutiefst. Griffon nicht mehr da, verschwunden in Sekunden, ohne dass ich das Geringste hätte tun können.

Ich knirsche mit den Zähnen und konzentriere mich auf die Gegenwart, auf sein Lied. Sinnlos zu spekulieren, was hätte sein können. Es ist nicht passiert, das ist das Einzige, was zählt.

Der Siron ändert seine Melodie ein wenig, und die Fische bewegen sich wie ein Körper nach links, bis sie alle auf dieser Seite des Teichs versammelt sind und vor uns die Bahn frei ist.

Griffon deutet auf das Fleischstück, das ich noch immer in der Hand halte.

»Willst du einen Test?«, frage ich.

Er nickt bestätigend, ohne sein Lied zu unterbrechen.

Also gut. Hoffen wir mal, es funktioniert.

Ich werfe den Schinken in den leeren Bereich dicht vor unseren Füßen. Eine leichte Welle kräuselt sich durch den Fischschwarm, aber alle bleiben beieinander. Das Fleisch sinkt langsam auf den Boden des Teichs und wird von den Fischen nicht weiter beachtet.

Ich lächle Griffon an, werde aber schnell wieder ernst, als mir klar wird, wie anstrengend das für ihn sein muss. Es ist offensichtlich schwieriger, Fische zu kontrollieren als Menschen. Wahrscheinlich muss er hier mehr als hundert Gehirne manipulieren, statt nur ein oder zwei. Wir müssen uns beeilen, das zeigen auch die Schweißtropfen auf seiner Stirn.

Eigentlich hätte Griffon ja nach dem Diamanten tauchen sollen, aber er muss auf jeden Fall weitersingen. Ich sehe Benjamin an. Wenn hier etwas schiefgeht und Griffon die Kontrolle verliert, könnte ich dann mit dem Bewusstsein weiterleben, dass ich Benjamin in seinen Tod geschickt habe? Nein. Das muss ich selbst machen.

Ich sehe mich ein letztes Mal um und versichere mich,

dass die Wachen noch nicht zurückgekehrt sind, dann ziehe ich Stiefel und Overall aus.

»Hey, nächstes Mal möchte ich vorgewarnt werden«, beschwert sich Benjamin. »Manche Dinge sollte man sich nur vorstellen, nicht in Realität sehen – zum Beispiel den Busen seines Arbeitgebers.«

Ich beachte ihn nicht, trage schließlich einen BH, meinen Busen kann er also gar nicht sehen. Und es gibt jetzt Wichtigeres zu bedenken als meine Nacktheit.

»Wirst du sie lange genug aufhalten können?«, frage ich Griffon.

Er nickt, deutet aber auf seine Uhr. Es gilt, keine Zeit zu verlieren.

»Gut. Und keine Trauerfeier, wenn ich gefressen werde.«

Ich atme tief ein und gehe ins Wasser. Es ist *so* kalt. Am liebsten würde ich einen Moment verweilen und mich an die Temperatur gewöhnen, aber stattdessen wate ich vom Ufer weg, bis ich den Boden unter den Füßen verliere und gezwungen bin zu schwimmen.

Stöhn. Ich schwimme nicht gerne. Erst recht nicht in einem Teich voller Piranos. Ist nicht das, was ich unter Spaß verstehe – aber eine Katze muss halt tun, was eine Katze tun muss, um ihre Krallen an einem Diamanten zu schärfen. Und den werde ich auf keinen Fall einfach verkaufen. Ich werde mit ihm in meinen Armen einschlafen als Gegenleistung für die Mühe, die seine Entführung bereitet hat. Und dann werde ich ihn mit nach Hause nehmen und jemanden finden, der mehr dafür bietet als der Unbekannte, der uns indirekt mit dem Diebstahl beauftragt hat.

Obwohl ich ihn immer noch gerne kennenlernen würde. Ich frage mich, ob diese Person wusste, was man unternommen hat, um den Stein vor normalen Dieben zu schützen. Kein normaler Mensch wäre in der Lage, die Piranos so abzulenken, wie Griffon das gerade tut. Ein Gedanke drängt sich auf – wie, wenn es hier gar nicht um den Diamanten geht, sondern beabsichtigt war, sich der Diebe und Kriminellen zu entledigen? Nur die Besten hätten es bis hierher geschafft. Diejenigen, die gleichzeitig die größte Bedrohung für die Gesellschaft darstellten. Sie würden es bis zum Teich schaffen, gefressen werden und nicht einmal Spuren hinterlassen, die den nächsten armen Sünder abhalten könnten, es ihnen gleichzutun.

Das ist eine Theorie, die sich später zu verfolgen lohnt. Aber zuerst muss ich den Diamanten holen. Das Wasser ist zu schlammig, als dass ich ihn von oben sehen könnte. Also muss ich tauchen. Ich werfe einen letzten Blick auf Griffon und Benjamin, bevor ich untertauche.

Meine überlegene Sehkraft nutzt mir in dieser braunen Brühe auch nichts. Die Piranos müssen den Sand aufgewühlt haben. Blind taste ich mich vorwärts, verlasse mich ganz auf diesen Sinn. Ich tauche bis auf den Grund, der See ist nicht sehr tief, nur etwa drei Meter.

Ich strecke die Hände aus und fühle mich über den Boden vorwärts. Da muss doch irgendwo die Plattform sein mit dem Diamanten darauf. Statt des Juwels stoße ich auf Knochen. Ich bin nicht gerade zart besaitet, überhaupt nicht, aber es erschüttert mich schon etwas, auf einen Knochen nach dem anderen zu stoßen. Überreste der Unglücklichen, die von den Piranos abgenagt wurden. Ich stoße auf mindestens vier Schädel – einer davon muss der Frau von vorhin gehören -, bevor ich wieder auftauchen muss, um Atem zu holen.

»Hast du ihn?«, ruft mir Benjamin zu, als er mich sieht.

Ich schüttele den Kopf, hole tief Atem und tauche erneut. Ich brauche noch drei Tauchgänge, bevor meine Hände endlich auf etwas Härteres stoßen als Knochen. Dem Himmel sei Dank. Griffon wird die Fische nicht viel länger in Schach halten können.

Der Diamant ist fast so groß wie mein Unterarm. Mist. Das Ding wird auf dem Heimweg schwer zu verbergen sein. Ich hätte nie gedacht, dass er so groß sein würde. Kein Wunder, dass die Juweliere ihn zerschlagen wollen. Selbst wenn man ihn in hundert Einzelteile zerlegte, wäre jedes davon immer noch ein Vermögen wert.

Ich kann mich des Gefühls nicht erwehren, dass wir uns hier ein bisschen übernehmen. Ich nehme den Diamanten an mich und hieve ihn an die Oberfläche. Meine Beine ächzen unter der zusätzlichen Belastung, ich bin keine gute Schwimmerin, aber zum Glück ist der See nicht tief.

Sobald ich wieder an der Oberfläche bin, bemerke ich eine Veränderung der Stimmung bei den anderen.

»Hallo, Schwester«. Caitlin steht neben Benjamin, hat die Hände in die Hüften gestemmt und sieht mich wütend an. »Du schuldest mir eine Erklärung.«

ZWEIUNDZWANZIG

Ich habe meine Schwester noch nie so außer sich erlebt. Ihre Augen glühen förmlich vor Wut, und mit denen starrt sie mich jetzt an.

Ich wate aus dem Wasser, tropfend und erschöpft.

»Kann das bis später warten? Du kannst mich gern zur Schnecke machen, wenn wir wieder zu Hause sind«. Ich seufze. »Willst du diesen Klotz mal halten, während ich mich umziehe? Mir ist echt kalt.«

Benjamin nimmt den Stein an sich, stolpert, ist erstaunt, wie schwer er ist.

»Was für ein Prachtexemplar von Diamant«, meint er bewundernd und hat nur noch Augen für das Juwel. »Wusste gar nicht, dass es so große überhaupt gibt.«

Ich ziehe den Overall an und wünschte, ich hätte ein Handtuch. Leder nimmt kaum Feuchtigkeit auf, ich werde also unter der Kleidung weiter nass bleiben. Meine

Gliedmaßen fühlen sich schwer an vor Kälte und Erschöpfung. Ich will nur noch ins Bett.

Eine Katze miaut und wirft mir telepathisch ein Bild zu.

»Schnell, versteckt euch«, zische ich. »Lady Lara und Lennox sind im Anmarsch.«

Wir rennen zum nächstgelegenen Gebüsch, passen kaum alle dahinter. Es war einfacher, als ich mit Griffon alleine war.

»Was machen die hier?«, flüstert Benjamin. »Die Ansprachen laufen doch noch. Sollte die Bürgermeisterin nicht bei ihren Gästen sein?«

»So war es geplant«, murmelt Caitlin. »Ich wüsste gern, was da los ist. Von den Wachleuten ist noch keiner hierher zurückgekehrt. Deshalb war ich mir sicher, dass hier etwas vor sich geht. Sie standen alle beieinander und haben diskutiert, warum sie nicht in den Hof zurückgehen sollten.«

Hmm. Nur jemand mit entsprechender Befehlsgewalt konnte sie dazu bewegen, sich fernzuhalten. Jemand wie Lady Lara. Die Rädchen in meinem Kopf drehen sich schneller. Das kann doch nicht sein. Oder?

Die Bürgermeisterin und Lennox sind jetzt am Teich angekommen. Sie schaut darauf und nimmt dann ein graues Gerät aus der Tasche. Ein Summen lässt den Untergrund erzittern, nachdem sie einen Knopf gedrückt hat. Wenige Augenblicke danach hebt sich eine quadratische Metallplatte aus dem Wasser. Die jetzt leere Plattform.

Ich grinse und schaue auf den Diamanten in Benjamins Armen. Das haben wir gut gemacht!

»Ihr könnt jetzt rauskommen!«, ruft Lady Lara. Der amüsierte Unterton in ihrer Stimme ist nicht zu überhören. »Ich weiß, dass ihr da seid.«

Lennox fühlt sich sichtlich unwohl. Hat er uns verpetzt? Nein, das bezweifle ich. Diese Wendung kommt für ihn sicher ebenso überraschend wie für uns.

»Kat, komm raus. Das kannst nur du gewesen sein.«

Griffon greift mich am Arm. »Tu's nicht«.

Ich schüttele ihn ab. »Ich muss wissen, was das alles soll. Ich muss wissen, welchen Part sie in dieser Sache spielt.«

Was ich nicht laut sage: Ich muss herausfinden, ob sie die Person ist, für die ich sie gehalten habe. Die Frau, die ich mag und bewundere.

»Ihr bleibt im Versteck«, flüstere ich. »Besonders du, Benjamin. Wenn etwas passiert, lauf los und bring den Diamanten in Sicherheit.«

Noch bevor er antworten kann, stehe ich auf und verlasse unser Versteck im Gebüsch.

Lady Lara lächelt. »Wusste ich's doch. Wie hast du das angestellt?«

»Habe ich was angestellt?« frage ich unschuldig. »Und wieso hören Sie sich nicht diese langweiligen Reden an?«

»Ein kleines Vögelchen hat mir ins Ohr gezwitschert, dass hier etwas vor sich ging.«

»Ein Vögelchen?«

Sie zuckt mit den Schultern. »Hört sich doch besser

an als ein Alarm, der ausgelöst wurde, sobald das Gewicht von der Plattform verschwand. Das System habe ich für alle Fälle installieren lassen, obwohl ich nie ernsthaft damit gerechnet habe, es könnte ihn tatsächlich jemand stehlen – bis du auf der Bühne erschienen bist.«

Ich kann sie nur anstarren. Es fällt mir schwer zu glauben, was ich da gerade höre. Was es bedeutet.

»Komm schon, Kat, enttäusche mich nicht. Benutze deinen Kopf. Knüpfe die Verbindungen.«

Lennox wirft mir einen verwirrten Blick zu. Er weiß es noch nicht. Ich schon. Glaube ich zumindest. Es gibt nur einen Weg herauszufinden, ob ich recht habe.

»Sie haben den Wettbewerb ausgelobt«, sage ich langsam. »Sie haben den Brief geschickt, in dem das »Geschäft des Lebens« angepriesen wurde. Sie haben die Rätsel entworfen und damit sichergestellt, dass nur die Besten bis hierher kommen würden. Und dann haben Sie sie umgebracht. Gut, die Fische haben die eigentliche Tat begangen, aber Sie haben diese Leute in den Tod geschickt. Wie viele waren es?«

»Ich weiß nicht genau, wie viele tatsächlich so weit gekommen sind«, sagt sie vorsichtig. »Das werden wir herausfinden, wenn wir das Wasser aus dem Teich ablassen.«

Ich starre sie an. Sie spricht darüber ohne jede Emotion. Ich habe sie nicht für eine kaltblütige Mörderin gehalten. Für rücksichtslos bis zu einem gewissen Grad, aber nicht zu einem Mord fähig.

»Oh, jetzt sieh mich nicht so an, Kat. Du glaubst doch nicht, dass ich Unschuldige in den Tod getrieben habe, oder? Ich habe diese Briefe nicht an beliebige Personen geschickt. Nur an die schlimmsten Verbrecher von Attenburg. An diejenigen, die zum Spaß töten und die Sicherheit dieser Stadt bedrohen. Ich wollte nicht, dass kleine Gangster verletzt würden, solche, die vielleicht nur stehlen, um überleben zu können. Deshalb habe ich die Rätsel und Hindernisse so entworfen. Nur die anderen, die über entsprechende Ressourcen und die nötige Erfahrung verfügten, sollten so weit kommen.«

Ich schüttele den Kopf. »Das reicht mir noch nicht.«

»Was soll ich noch sagen? Dass ich ihren Tod bereue? Vielleicht tue ich das. Aber das sind die Leute, die man losgeschickt hat, um mich zu töten. Die viele andere gute Menschen auf dem Gewissen haben, darunter auch einige meiner Freunde.« Etwas in ihrer Miene verändert sich für einen Moment und gibt preis, wie viel Gefühl sich dahinter verbirgt. Es handelt sich hier nicht nur um eine politisch motivierte Tat. Sie trauert. Dies ist ein Racheakt. Und das kann ich verstehen.

»Aber wieso wir?«, fragt Lennox und drückt damit meine eigenen Gedanken aus. »Warum haben Sie Kat eingestellt, wenn Sie vorhatten, sie umzubringen?«

»Ich wollte sie nie umbringen«, protestiert Lady Lara. Sie sieht mir direkt in die Augen. »Glaub mir, Kat. Ich wollte dir nie etwas zuleide tun. Du solltest auch diesen Brief nie erhalten. Ich weiß nicht, wie er in deine Hände gelangen konnte, werde aber untersuchen lassen, wieso mein Bote dir einen übergeben hat. Ich bezweifle, dass es sich um einen Zufall handelt. Mir wurde erst klar, dass du beteiligt sein könntest, als Lennox den Diamanten erwähnte.«

Er schaut mich schief an. »Sorry, war ein Versprecher.«

»Macht nichts«, murmele ich. »Das ist jetzt auch egal.«

»Wie bist du an den Piranos vorbeigekommen?«, fragt Lady Lara.

Ich starre sie an. »Das geht Sie nichts an. Und nur, dass Sie es wissen – ich werde den Diamanten behalten. Und ich kündige.«

»Das kannst du nicht machen«, protestiert sie.

»Kann ich wohl. Der Diamant wurde uns versprochen. Ich will ihn nicht verkaufen. Jedenfalls nicht an Sie.«

Lady Lara lacht freudlos. »Der Diamant ist mir egal. Ich möchte nicht, dass du die Stelle aufgibst. Du bist die beste Leibwächterin, die ich je hatte. Mir liegt jetzt schon sehr viel an deinem Rat und deiner Erfahrung, und das nach so kurzer Zeit. Es tut mir ehrlich leid, dass du in meinen Diensten zu Schaden gekommen bist. Und ich bedauere sehr, dass du in dieses Täuschungsmanöver hineingezogen wurdest. Bitte, gib mir noch eine Chance!«.

Das schmeichelt meinem Ego. Es tut gut, wenn die Leute erkennen, dass ich in meinem Job gut bin. Aber das darf meine Entscheidung nicht beeinflussen. Vielleicht sagt Lady Lara das nur, um mich zu beruhigen und weiter unter Kontrolle zu behalten. Wie kann ich ihr von nun an glauben?

Ich seufze. »Ich werde mir's überlegen. Und brauche etwas Zeit, um das alles zu verarbeiten. Wenn ich mich dafür entscheide, weiter für Sie zu arbeiten, werde ich Ihnen das mitteilen.«

Ich drehe mich um und gehe ohne einen Blick zurückzuwerfen. Lennox folgt mir und nimmt meine Hand. Ich drücke sie und bin dankbar, jetzt nicht allein zu sein.

Zeit, nach Hause zu gehen.

Die Stimmung ist gedrückt, als wir im Wohnzimmer sitzen und in unsere Teetassen starren. Der Diamant liegt auf dem Tisch, aber keiner schenkt ihm Beachtung. Er ist nicht mehr wichtig. Was zählt ist einzig, wie es weitergehen soll.

Ryker ist auf dem Rückweg zu uns gestoßen, die Katzen haben ihm Bescheid gesagt. Wir haben eine weitere Katze weggeschickt, um Lily zu holen. Jetzt sitzen wir also alle schweigend beieinander. Bethany hat uns starken Tee gekocht, genau das, was ich jetzt brauche.

»Ich kann nicht fassen, dass die ganze Zeit die Bürgermeisterin dahinter steckte.«, meint Lily nach einer Weile. »Wie konnten wir das nicht mitbekommen?«

»Weil es keinen Anhaltspunkt gab«, antworte ich. »Sie hat ihre Spuren gut verwischt. Und wieso hätten wir die Bürgermeisterin von Attenburg verdächtigen sollen? Es sah doch wirklich so aus, als sei die ganze Sache von Kriminellen organisiert worden. Das wäre nur logisch gewesen. Das andere ergibt jetzt überhaupt keinen Sinn mehr.«

Ich bin so müde. Nicht nur körperlich, auch geistig. Laras Verrat erschüttert mich mehr als der Giftanschlag. Sie hätte mich umbringen können. Oder schlimmer noch, einen aus meinem Team. Da macht es doch keinen Unterschied, dass sie es nicht speziell auf mich abgesehen hatte, oder?

Und andererseits – unterscheiden sich ihre Methoden denn so sehr von meinen eigenen? Ich habe hunderte von Leuten umgebracht. Die waren nicht alle böse. Ich habe da keine Fragen gestellt. Ich habe den Auftrag erledigt, das Geld genommen und den nächsten Fall angepeilt. Aber ich bin auch nicht für eine ganze Stadt verantwortlich. Ich bin ein Auftragskiller; Töten ist mein Job. Dass Lady Lara solche Methoden anwendet, ist etwas völlig anderes. Das macht Angst. Wozu ist sie noch in der Lage? Was könnte sie sonst noch planen?

Vielleicht ist die einzige Art, das herauszufinden, sich in ihrer Nähe aufzuhalten. Ihre Vertraute zu werden und an ihren Plänen teilzuhaben.

Ich sollte mich aber nicht selbst belügen. Ich will einfach weiter für sie arbeiten. Ich mag sie. Und ich mag das Geld, das diese Arbeit einbringt. Außerdem habe ich noch keine Spur von meiner Schwester gefunden. Sie könnte irgendwo da draußen sein, vielleicht geht es ihr schlecht; und die Arbeit im Amt der Bürgermeisterin könnte mir helfen, sie zu finden.

»Du willst zu ihr zurückgehen, nicht?«, sagt Ryker leise. Es ist nicht einmal eine Frage. Er kennt mich zu gut.

Ich nicke. »Aber ich bin mir nicht sicher, ob ich ihr trauen kann, wenn ich für sie arbeite. M.I.A.U. ist so erfolgreich, weil wir einander vertrauen. Mit unserem Leben. Ich dachte erst, das wäre mit Lady Lara ähnlich, bezweifle aber, dass das jetzt noch möglich ist.«

»Was hast du am Grund des Sees gefunden?«, fragt Lily. »Waren da Leichen?«

»Mindestens vier. Aber fairerweise muss ich sagen, dass ich nicht weiß, ob sie alle heute getötet wurden. Es waren nur noch Knochen von ihnen übrig, von den Piranos säuberlich abgenagt.«

»Wir sollten uns auch solche Piranos anschaffen«, schlägt Bethany vor. »Das sind tolle Wächter, sogar noch bessere als die Katzen. Und bestimmt tödlicher.«

»Und wo willst du sie hintun?« Ich verdrehe die Augen. »Willst du einen Wassergraben um unser Haus bauen?«

Sie zuckt mit den Schultern. »Wenn nötig. Das, oder ich baue mir ein Aquarium. Ich will so einen Pirano studieren.«

»Kann man die essen?«, fragt Benjamin.

»Du wirst dich nicht an meinen Haustieren vergreifen!«, erwidert Bethany. »Ich esse deine ja auch nicht.«

»Katzen sind wohl kaum genießbar. Und du willst hoffentlich nicht andeuten, dass unser Rehkitz einen guten Braten abgeben würde.«

Ich stöhne und stehe auf. Mir fehlt heute die Energie, um mir noch weiter ihre Streitereien anzuhören.

»Ich brauche eine Dusche. Wir sollten alle darüber nachdenken, was heute geschehen ist und wie wir weiter vorgehen wollen. Dann können wir morgen wieder darüber sprechen, wenn wir alle ausgeschlafen sind.«

Wie auf Kommando erheben sich meine drei Männer alle gleichzeitig, um mir zu folgen. Ich muss lachen. Die Dusche wird wohl voller als gedacht.

DREIUNDZWANZIG

Die Morgensonne badet unsere Schlafstatt in orangem Licht. Sie wärmt mein Gesicht, streichelt meine Haut wie die Hand eines Liebhabers. Ich schiebe die Decke weg, damit die Strahlen mehr von meiner Haut erreichen können. Ich bin nackt. Normalerweise schlafe ich nicht ohne etwas anzuhaben, aber vergangene Nacht war ich zu müde, mich wieder anzuziehen, nachdem die Männer mich ausgezogen hatten. Ich lächle bei der Erinnerung daran. Sie haben mich die Ereignisse des Tages vergessen lassen. Erst in der Dusche, dann im Bett.

Ich strecke mich, bade noch immer gierig im Sonnenlicht. Die Nächte werden schon länger, der Winter steht bald vor der Tür. Man hat mir gesagt, es würde in Attenburg im Winter nicht so kalt, aber ob das stimmt, werden wir noch abwarten müssen. Wie den meisten Katzen macht es mir durchaus Spaß, im Schnee zu spielen, aber sich fortzubewegen ohne Spuren zu hinterlassen, ist dann sehr schwierig. Ich habe mir einmal das Handgelenk gebrochen, als ich von einem vereisten Dach gefallen bin, weshalb ich seitdem sehr vorsichtig bin, wenn ich im Winter über Dächer laufe. Aber ich freue mich darauf, im Wohnzimmer in unserem offenen Kamin ein Feuer anzumachen. Das haben wir seit unserem Einzug noch nicht getan, aber wenn es jetzt kälter wird, werden wir ihn zu schätzen wissen. Ich werde noch jemanden losschicken müssen, Holz oder Kohle dafür zu beschaffen. Vielleicht verpasse ich den Jungs auch ein eng anliegendes Holzfällerhemd und ergötze mich an dem Anblick, wie sie mit ihren Äxten losziehen. Ein Mann in kariertem Hemd mit einer scharfen Klinge in der Hand ist ziemlich sexy.

Griffon schnarcht laut. Ich muss lachen. *Das* ist nicht sehr sexy.

Ich schließe noch einmal die Augen und genieße es, einfach so im Bett zu liegen, ohne zur Arbeit gehen zu müssen, ohne dass mich jemand bedroht. Nur ich und die Männer und die Sonne.

»Du bist nackt.«

Ich gähne und sehe Ryker an. »Und?«

»Du bist sonst nie nackt.«

Ich kichere. »Ich war vergangene Nacht doch auch nackt. Du hast mich schließlich selbst ausgezogen.«

»Ja, aber normalerweise ziehst du dich vorm Einschlafen wieder an«. Er lächelt. »Ich sehe dich gern nackt.«

»Das überrascht mich jetzt aber! Hätte ich nie

gedacht, dem Blick nach zu urteilen, mit dem du mich gerade auffrisst.«

»Ich könnte dich auch auf andere Art auffressen.« Er fletscht die Zähen. »Das wäre ein köstliches Frühstück.«

Im Innern reagiere ich sofort auf die Anspielung. Ist doch ein perfekter Start in den Tag. Sonne und Sex.

Ich öffne die Schenkel und blinzele Ryker zu. »Frühstück ist fertig.«

Flöckchen liegt auf dem Küchenfußboden ausgebreitet und schläft. Sie wacht auf, als ich die Kühlschranktür öffne und in seine unendliche Leere starre. Unser Kühlschrank ist ein Schwarzes Loch. Egal, wie viel wir einkaufen, es ist immer sofort alles weg. Kein Wunder, bei Dutzenden hungriger Katzen und etlichen nimmersatten Wandlern! Zumindest können wir jetzt, wo ich einen Job habe und ein riesiger Diamant in unserem Wohnzimmer liegt, mehr einkaufen. Ich habe gleich nach dem Stein gesehen, als ich die Treppe herunter kam. Er liegt noch immer wie ein großes Deko-Teil auf dem Wohnzimmertisch. Kaum zu glauben, dass wir etwas so Wertvolles hier herumliegen lassen. Lady Lara ist die Einzige, die weiß, dass er sich in unserem Besitz befindet, und ihr schien das egal zu sein. Bei der Juweliers-Gilde wird allerdings inzwischen die Aufregung groß sein. Da werden Köpfe rollen, Verdächtige befragt und Wachleute gefeuert werden. Und das alles wegen einem hübschen Stein.

Denn mehr ist es im Endeffekt nicht. Man kann einen

Diamanten nicht essen. Er lässt sich zu Schmuck verarbeiten, aber auch der wird einem nicht helfen, wenn man Hunger hat. Der einzige wirkliche Nutzen von so einem Diamanten wäre seine Verarbeitung zu Messerklingen. Ich habe gehört, dass solche Diamantklingen durch alles hindurchschneiden können. Das Problem ist, dass ein Diamant nur von einem anderen Diamanten zerschnitten werden kann – und den haben wir gerade nicht.

Das Rehkitz gähnt leise und steht auf. Es hat in den Tagen, in denen ich bewusstlos war, gut zugenommen, und seine Wunden sind fast vollständig verheilt. Sein Fell glänzt mehr, und die Rippen schauen nicht länger hervor.

»Benjamin hat dich gut versorgt, nicht wahr?«

Flöckchen reibt ihren Kopf an meinem Schenkel. Süüß! Sie mag mich.

»Was essen denn Rehe so?«, frage ich sie. »Magst du irgendwas hier im Kühlschrank?«

Sie interessiert sich nicht für die mageren Reste darin. Stattdessen leckt sie immer wieder meine Lederhosen.

»Keine Angst, das war keiner deiner Verwandten«, murmele ich gedankenverloren. »Ich glaube, das ist Kuhhaut. Und weil du mir nicht sagen kannst, was du essen willst – wie wär's denn mit ein bisschen Katzenminze? Rehe essen Pflanzen, oder?«

Sie leckt weiter. Also gut. Es soll wohl Katzenminze sein. Natürlich nur, um sie zufrieden zu stellen. Wenn dabei ein kleines bisschen für mich abfällt ... ist das auch in Ordnung.

Als Lily uns findet, sitze ich im Schneidersitz auf dem Fußboden, mit dem Kopf des Rehes auf dem Schoß. Es schläft, zugedröhnt von Katzenminze, während ich vor mich hinstarre und die Schönheit des Universums bewundere.

»Oh Kat«, empört sich Lily. »Wir haben das doch besprochen. Keine Katzenminze für dich, und besonders nicht für Flöckchen. Das tut ihr nicht gut.«

»Wer sagt das?«

»Benjamin. Er ist der Experte; hat eine Menge darüber gelesen.«

»Er sagt das nur, weil er mir keine Katzenminze gönnt«, greine ich. »Du versteckst sie immer vor mir.«

»Weil dann so etwas wie jetzt gerade passiert. Du wirst total emotional und gefühlig. Oder du malst die Wände an, weil sie ‚mit Regenbogen darauf besser aussehen'. Du erinnerst dich?«

»Sie sahen wirklich schöner aus.«, murmele ich.

»Darum geht's nicht. Jetzt steh auf, ich muss mit dir reden.«

»Mit mir?«

»Nee, mit dem Reh. Jetzt mach dich nicht lächerlich, Kat. Ich mache dir einen Smoothie zum Entgiften, und dann reden wir. Ich brauche deinen Rat.«

»Rat? Du? Von mir?« Die Worte fallen alle durcheinander, bis keines mehr einen Sinn ergibt.

Ich streichele den Kopf des Rehs und wünschte, jemand würde das auch bei mir tun. Manchmal würde ich mich gern in eine Hauskatze statt in einen Panther wandeln können. Dann könnte ich bei jemandem auf dem Schoß liegen, schnurren und sie dazu bringen, mich zu streicheln. Stattdessen laufen die Leute weg, wenn sie mich sehen. Keiner krault mich am Kopf.

»Warum siehst du so traurig aus?«, fragt Lily.

»Weil mich niemand am Kopf krault.«.

Sie lacht. »Joa, du brauchst meinen Smoothie. Geh ins Wohnzimmer und leg dich hin, bis ich fertig bin. Ich kann es nicht fassen, dass du das wieder getan hast.«

»Flöckchen hatte Hunger«, protestiere ich, aber sie zieht mich schon auf die Füße und schubst mich aus der Küche raus.

»Benjamin!«, ruft sie hinter mir. »Dein Reh ist mit Drogen vollgestopft worden!«

Ich beachte sie nicht weiter und gehe wie befohlen ins Wohnzimmer. Ich tätschele den Diamanten ein bisschen und lege mich dann aufs Sofa. Das Leben ist herrlich.

Nach zwei Gläsern von Lilys Wunder-Smoothie kann ich wieder einigermaßen klar denken.

Lily sitzt auf dem Sofa mir gegenüber, aber rutscht dauernd hin und her und ist sichtlich angespannt.

»Spuck's schon aus. Was ist los?«

Sie beißt sich auf die Unterlippe. »Der Mann, der mir gestern Zugang zu dem Ball verschafft hat; du weißt schon...«

Ich nicke. »Ja, du hast gesagt, er sei so ein reicher Typ aus der High Society«.

»Das dachte ich zuerst auch. Ein reicher Mensch. Aber jetzt glaube ich, er könnte noch etwas anderes sein.«

Mein Lächeln schwindet. »Sag jetzt nicht, er ist ein Siron.«

Lily sieht mich nicht an. »Ich könnte mir vorstellen, dass er einer ist. Er sieht nicht so aus, deshalb habe ich ihn ja ausgewählt. Er hat Falten und Krähenfüße und eine Narbe unter dem rechten Auge. Er sieht einfach nicht gut genug aus für einen Siron, aber ich glaube, er hat gestern versucht, mich mit seinen Kräften zu beeinflussen.«

»Du *glaubst* das?«

»Es könnte auch jemand anderes in dem Raum gewesen sein, aber er hat mich hinterher angesehen, als sei er überrascht. Er muss versucht haben, mich irgendetwas tun zu lassen, aber das hat bei mir natürlich nicht funktioniert.«

Ich beuge mich vor, dieser Siron interessiert mich. Und ich mache mir Sorgen. War es wirklich nur ein Zufall, dass Lily einen Siron getroffen hat, der Karten für den Ball hatte? Oder könnte das mit dem Siron in Verbindung stehen, der mich angegriffen hat?

Vielleicht werde ich jetzt wirklich paranoid. Ich weiß, dass viele Sirenen in Attenburg leben, und dass etliche von ihnen einflussreiche Positionen innehaben. Es könnte tatsächlich Zufall sein. Muss es.

»Und da ist noch etwas«, murmelt Lily und sieht mich immer noch nicht an. »Als die Katze kam und mir das vereinbarte Zeichen gab, dass es Zeit war zu gehen, lächelte er sie an. So, als sei es völlig normal, dass eine Katze in einen Raum voller Leute kommt und direkt auf mich zugeht. Den ersten Vorfall hätte ich vielleicht noch als unverdächtig abgetan, aber als ich diesen Blick in seinen Augen sah, als sei er gerade mit sich hoch zufrieden – da wusste ich, dass ich dir davon erzählen müsste.«

»Ein Siron, der versucht hat, dich in seinen Bann zu schlagen«, überlege ich. »Er wusste offenbar nicht, dass du kein Mensch bist, aber das tun die meisten Leute nicht, ist also nicht weiter überraschend. Selbst wenn derjenige von M.I.A.U. wüsste und Nachforschungen angestellt hätte, würde er nicht dahinterkommen. Menschenskind, ich wusste das selbst ja noch nicht einmal, bis du mir davon erzählt hast. Ich hatte einen gewissen Verdacht, war mir aber nicht sicher, dass es Succuben wirklich gibt.«

»Gut, jetzt weiß er also, dass ich kein Mensch bin«, seufzt sie. »Jedenfalls kein normaler. Ich wünschte, ich wüsste, wozu er mich zwingen wollte. Ob das so etwas Simples war wie ihn zu küssen? Oder etwas Schlimmeres?«

»Die einzige Art das herauszufinden, ist, ihn selbst zu fragen. Weißt du, wo er wohnt?«

Sie schüttelt den Kopf. »Wir haben uns immer in Restaurants und Hotels getroffen. Er hat gesagt, er sei geschäftlich viel unterwegs und habe hier in Attenburg nur ein kleines Haus, zu klein, um dort Gäste zu empfangen.«

»Zum Glück fällt es uns ja nicht schwer, Personen ausfindig zu machen«, sage ich mit aufmunterndem Lächeln. »Wie heißt er?«

Sie zuckt zusammen. »Er hat sich Peter Tamari genannt, ich weiß aber nicht, ob das sein richtiger Name ist. Auf dem Ball schienen ihn alle zu kennen, sie haben ihn aber immer nur mit ‚Sir' angesprochen, nie mit seinem Namen.«

Das wird immer mysteriöser. Als ob wir nicht schon genug zu tun hätten! Ich muss meine Schwester finden, aber irgendetwas kommt immer dazwischen. Vergiftet zu werden war eine gute Entschuldigung dafür, mit der Suche nicht fortzufahren, aber kann ich es verantworten, unsere Ressourcen jetzt dafür einzusetzen, diesen Siron zu identifizieren statt mein eigenes Fleisch und Blut aufzuspüren?

»Du sagtest, eine der Katzen sei gekommen, um dich zu holen. Weißt du noch, welche es war?«

»Eine von Rykers, ich glaube, sie ist mit uns nach Attenburg gezogen. Könnte ein Kater sein, ich kann die einfach nicht auseinanderhalten.« Sie schnaubt. »Wir sollten ihnen Halsbänder mit Namensschildchen umbinden.«

Ich reagiere angespannt, und sie entschuldigt sich sofort.

»Sorry. Keine Halsbänder. Nein, ganz bestimmt keine Halsbänder. Wieso hast du nach der Katze gefragt?«

»Weil sie sich vielleicht an den Geruch des Sirons erinnern und uns so zu ihm führen kann.«

VIERUNDZWANZIG

Lennox leistet mir im Wohnzimmer Gesellschaft, nachdem Lily zu Ryker geeilt ist, um die besagte Katze zu identifizieren. Lennox trägt nur einen Bademantel. Einer der Ärmel ist so weit heruntergerutscht, dass seine Schulter und ein Teil des Brustkorbs bloß liegen. Die Versuchung ist groß, meine Hände über seine Haut streichen zu lassen – aber nein, das würde nur damit enden, dass wir uns beide ausziehen und... Schon wieder. Ich muss jetzt arbeiten und brauche keine Ablenkung. Vielleicht hätte ich mir doch nicht gleich drei Liebhaber zulegen sollen. Drei sind drei Gelegenheiten, nichts anderes zu erledigen.

»Hast du schon gefrühstückt?«, fragt er mich.

»Auf gewisse Art und Weise«. Ich grinse. »Ich hatte Katzenminze und dann zwei Detox-Smoothies.«

»So schlimm?«

Ich zucke mit den Schultern. »War schon schlimmer.

Hat sich aber super angefühlt. Ich wünschte, Lily hätte mich nicht so früh erwischt.«

»Wahrscheinlich gut, dass sie es getan hat. Du musst schließlich in der Lage sein, möglichst rational darüber nachzudenken, was gestern alles passiert ist. Hast du dich schon entschieden? Wegen der Bürgermeisterin?«

»Glaub schon«. Ich seufze. »Ich werde ihr wohl eine zweite Chance geben. Nicht nur, weil ich sie eigentlich mag und die Arbeit gutes Geld bringt, sondern auch, weil mir das helfen kann, K7 zu finden.«

»Gute Entscheidung. Ich hätte dir dasselbe empfohlen. Wir sollten aber mit ihr noch einmal reden, oder du solltest das zumindest tun. Alle Karten müssen auf den Tisch. Sie muss dir sagen, was sie sonst noch vorhat. Wenn sie dir ihr Leben anvertrauen will, kann sie das auch mit ihren Geheimnissen tun.«

»Das ist gut formuliert. Den Satz werde ich mir klauen.«

»Ein guter Dieb kündigt seine Taten aber nicht an.«
Ich lache. »Weshalb ja auch Benjamin unser Dieb ist. Übrigens, falls du ihn später siehst – er wird sich vielleicht über mich beschweren.«

»Wieso?«

»Könnte sein, dass sein Rehkitz von der Katzenminze etwas abbekommen hat.«

Lennox lacht laut los. »Oh Kat, das ist so typisch.«

»Klar, bin ja auch ich. Ich mache *mein* Ding, und du tust *dein* Ding.«

»Bist du sicher, dass dieser Detox-Smoothie schon gewirkt hat? Du bist noch ganz schön merkwürdig.«

Ich zeige ihm grinsend die Zähne. »Ich bin immer merkwürdig. Das ist Teil meines Charmes.«

Die Türklingel unterbricht unser Wortgeplänkel. Ich seufze. Nie hat man seine Ruhe. Keiner der anderen ist in der Nähe, Lennox hat nur den Bademantel an (und schließlich soll niemand anderes diese tolle Brust sehen), also muss ich wohl an die Tür.

»Ich zieh mich an«, ruft mir Lennox hinterher. »Es sei denn, ich soll so bleiben?!«

Ich beachte ihn nicht. Es wundert mich immer noch, dass weder er noch Griffon sich heute Morgen an unserem Tete-à-Tete beteiligt haben. Sie waren wach, aber sie haben sich nicht gerührt, nichts gesagt. Sie haben nur zugehört. Komische Typen. Aber ich wette, das hat sie angemacht.

Ich schaue durch den Türspion und trete überrascht einen Schritt zurück. Es ist Lady Lara. Alleine. Sie muss hierher gelaufen sein. Verrückte Tante. Sie ist die Bürgermeisterin und sollte nicht ohne Sicherheitskräfte durch die halbe Stadt laufen.

Ich fahre mit den Händen durch meine Haare, um die Mähne etwas zu bändigen. Ich stehe in meinen Hausklamotten da – einem lose sitzenden Hemd und Schwabbel-Hosen. Das ist nicht mein normaler Aufzug in ihrer Gegenwart, aber hier bin ich ja schließlich zu Hause. Sie ist zu mir gekommen, kann also nicht erwarten, dass ich ausgehfein bin.

Nach einem letzten tiefen Atemzug öffne ich die Tür.

»Guten Morgen«, begrüßt sie mich. »Entschuldige,

dass ich unangekündigt hier hereinplatze, aber ich muss etwas Wichtiges mit dir besprechen; persönlich.«

»Ähm, Morgen«. Ist mir nicht recht, dass sie so höflich ist. Ich will mich lieber mit ihr streiten, sie anschreien, bis sie versteht, wie enttäuscht ich von ihr bin. Jetzt, wo sie vor mir steht, driftet der Ärger der vergangenen Nacht wieder an die Oberfläche.

»Kommen Sie herein«, sage ich und wende mich ab, bevor ich die Beherrschung verliere. Ich führe sie für dieses Gespräch nicht ins Wohnzimmer, sondern ins Arbeitszimmer. Dort habe ich das Gefühl, die Oberhand zu behalten. Dies ist der Ort, an dem ich Geschäfte mache. Dort bin ich diejenige hinter dem Schreibtisch, auch wenn der nicht so hübsch ist wie ihrer. Vielleicht verwende ich etwas Geld aus dem Diamantenverkauf für einen schönen Schreibtisch. Walnussholz, denke ich, mit einer tollen Maserung. Und groß genug, um darauf alle Akten ablegen zu können und trotzdem noch genug Platz zum Schreiben zu haben, aber nicht so riesig, dass ich dahinter winzig aussehe.

»Hübsches Büro«, bemerkt Lady Lara.

Ich bedeute ihr, auf dem einzigen anderen Stuhl im Zimmer Platz zu nehmen. Der gibt noch komischere Geräusche von sich als der, auf dem ich sitze.

Ich verschränke die Arme vor der Brust und warte ab, was sie zu sagen hat. Es war schließlich ihre Idee, mich aufzusuchen.

»Ich war mir nicht sicher, ob ich überhaupt herkommen sollte«, beginnt sie nach einer kurzen Pause. »Ich wollte dir Gelegenheit zum Nachdenken geben, glaube aber auch, dass ich mich gestern Nacht nicht gut ausgedrückt habe. Ich wollte nicht, dass du einen falschen Eindruck von meinen Motiven bekommst, von den Gründen hinter meinen Entscheidungen.«

Ich sage nichts, warte nur, dass sie fortfährt.

Sie leckt ihre Lippen, ein sehr anmutiger Vorgang. »Vor vier Jahren hatte ich eine Beziehung mit einer anderen Politikerin. Wir waren beide im Gemeinderat. Wir waren jung, idealistisch und ehrgeizig. Wir wollten die Welt verändern. Damals war der Rat noch konservativer besetzt als heute. Sie kam dort nur wegen ihrer Eltern hinein, während ich das Glück hatte, dass mein Mentor starb und eine Lücke hinterließ, die ich aus Paritätsgründen schließen durfte. Aber wir dachten dennoch, wir seien unbesiegbar. Wir hatten es in den Gemeinderat geschafft und wollten nun versuchen, alles Mögliche zu verbessern.« Sie verzieht das Gesicht. »Natürlich ist es nicht so gekommen. Zuerst haben sie uns bedroht. Kleine Drohungen per anonymem Brief, dann Hundekot durch den Briefschlitz an der Tür. Dann lag ein totes Eichhörnchen vor meiner Tür. Ich hätte es für verlorene Beute einer herumstreunenden Katze gehalten, wenn es nicht eine Schlinge um den Hals gehabt hätte. Wir ignorierten diese Botschaft. Und dann töteten sie meine Partnerin.«

In meinem Hals zieht sich etwas zusammen. Sie öffnet sich mir gegenüber vollständig, macht sich verletzlich. Ich weiß nicht, wie ich reagieren soll und schweige weiter.

»Sie haben es wie eine unglückliche Wendung bei einem Raubüberfall aussehen lassen, aber ich wusste, dass es Mord war. Und da begann ich, mir Attenburgs Unterwelt genauer anzusehen. Ich musste wissen, welche Leute in meiner Stadt wohnen. Wie sie in der Lage waren, meiner Partnerin dies anzutun. Je mehr ich erfuhr, umso klarer wurde das Bild in meinem Kopf. Es gab verschiedene Schichten unterhalb der Welt, in der sich die normalen Menschen bewegten, angefangen von einfachen Taschendieben bis hin zu Berufskriminellen. Das Wichtigste war aber die Erkenntnis, dass es Verbindungen von dort zu den reichsten Bewohnern der Stadt gab. Das waren die Drahtzieher. Und damals schwor ich, diese Verbindungen zu kappen.«

»Es ist nicht nur hier so«, sage ich leise. »Das war in meiner Heimatstadt genauso. Arme Menschen können sich keine Auftragskiller leisten. Es sind immer die Reichen, die dahinter stecken. Sie haben das Geld und die Macht, andere umbringen zu lassen. Normale Menschen versetzen dir vielleicht einen Schlag in die Magengrube. Es sind die Reichen, die jemanden beauftragen, dir die Kehle durchschneiden zu lassen.«

»Und das sollte nirgends so sein«, ruft Lady Lara empört. »Wir sollten nicht mit der Furcht vor Killern leben müssen. Nach dem Tod meiner Partnerin versuchte ich, Wege zu finden, die Attenburgs mächtigste Bewohner daran hindern könnten, mit der Unterwelt Kontakt aufzunehmen. Das hat natürlich nicht funktioniert. Sie hatten viel mehr Möglichkeiten als ich. Ich beschloss, dass man dieses Übel an der Wurzel packen musste. Die Mörder beseitigen. Wie ich dir gestern gesagt habe, störe ich mich weniger an dem üblichen Pack. Das gibt's überall. Denen versuche ich sogar durch Initiativen wie Jobangeboten und Verbesserungen der Lebensumstände in den Armenvierteln der Stadt zu helfen. Ich trete leidenschaftlich für mehr Bildung ein. Wenn wir es schaffen, die nächste Generation zu erreichen und ihnen die Möglichkeit zu geben, von ehrlicher Arbeit zu leben, werden wir in einer Gesellschaft mit mehr Sicherheit und Gerechtigkeit leben.«

»Große Worte«, schnaube ich verächtlich und plötzlich verärgert. »Aber haben Sie je daran gedacht, dass nicht jeder Killer sich diesen Lebensweg ausgesucht hat? Manche werde in dieses Dasein hineingezwungen. Sie haben keine Wahl.«

Ihr Blick wird weicher. »Wie bei dir?«

»Vielleicht. Die Sache ist die, Sie können die Kriminellen nicht einfach umbringen, egal, was sie getan haben. Sie verdienen die Möglichkeit, sich zu verteidigen. Auf ein Gerichtsverfahren. Wo man sie aufgrund der Beweislage für schuldig oder unschuldig erklärt. Wenn Sie Recht und Gesetz in die eigenen Hände nehmen, sind Sie nicht besser als die Mitglieder des Gemeinderats, die Sie ändern wollten.«

Ihre Augen weiten sich, und dann nickt sie. »Du hast recht. Das weiß ich. Ich war so besessen von meinem Ziel, die schlimmsten Verbrecher der Stadt zu erledigen, dass ich mein eigentliches Ziel aus den Augen verloren habe. Die Piranos waren keine gute Idee, das gebe ich zu. Ich hätte dort lieber Wachen postieren sollen, die jeden verhaftet hätten, der versuchen wollte, den Diamanten zu stehlen.«

»Da haben Sie ihre Meinung aber sehr schnell über Nacht geändert!«, antworte ich. Ich will ihr ja glauben, wirklich, aber ich weiß nicht, ob ich das kann.

»Das liegt daran, dass ich vorher schon meine Zweifel hatte. Es hat nur der letzte Anstoß gefehlt, meinen Plan tatsächlich zu ändern. Du weißt sicher nicht, dass ich mit den Vorbereitungen für diese Aktion schon vor sechs Monaten begonnen habe. Sie in letzter Minute abzubrechen wäre sicher das Richtige gewesen, aber das hätte sich zu sehr nach Aufgeben angefühlt. Besonders, nachdem du fast umgekommen bist. Das war nur ein weiteres Zeichen dafür, dass diese Leute nicht vor Gewalt zurückschrecken, um meine Entscheidungen zu beeinflussen.« Sie seufzt. »Und im Gegenzug habe ich selbst Gewalt ausgeübt. Das sehe ich ein. Ich hatte unrecht. Aber manchmal scheint es keinen anderen Weg zu geben. Diejenigen, die bereit sind, anderen Gewalt anzutun, sind immer in der stärkeren Position. Wie können wir sie bekämpfen, ohne uns selbst ihrer Mittel zu bedienen?«

»Da fragen Sie die Falsche. Ich bin kein Friedensengel. Ich lebe vom Töten. Der Unterschied zwischen uns ist aber, dass Sie die Bürgermeisterin sind. Ich habe keinerlei Macht und muss deshalb auch kein gutes Beispiel geben. Niemand interessiert sich dafür, was ich tue, ob ich lebe oder sterbe.«

»Doch, ich tue das«, unterbricht sie mich. »Frag mich nicht warum, aber du bist mir nicht egal.«

Ich ziehe die Augenbrauen hoch über diesen unerwarteten Ausbruch. »Wieso?«

Lady Lara verzieht das Gesicht. »Du hältst dich nicht gern an Regeln, oder?«

»Sie ja auch nicht.«

»Und gerade deshalb sind wir füreinander geschaffen. Ich möchte, dass du zurückkommst und für mich arbeitest. Nicht als Leibwächterin, sondern als meine Beraterin. Du kennst dich in der dunkleren Seite der Stadt gut aus, hast aber trotzdem nicht deine menschlichen Regungen verloren. Du wirst mich zur Rechenschaft ziehen, nicht wie meine anderen Berater, die vor mir zu Kreuze kriechen.«

Beraterin. Ich drehe und wende den Begriff in Gedanken. Hört sich besser an als Wache. Ein Berater braucht schließlich nicht nur Muskeln, sondern auch Hirn. Ich könnte da alle Fähigkeiten einsetzen, die ich durch die Leitung von M.I.A.U. erworben habe und dabei noch mehr Geld verdienen und etwas Gutes tun. Und verachte mich gleich für diesen Gedanken. *Etwas Gutes tun.* Seit wann mache ich denn so etwas? Das muss noch die Nachwirkung der Katzenminze sein – oder des Gifts.

Ich atme tief durch. »Ich habe einige Bedingungen, wenn ich diesen Job übernehmen soll.«

Ihr Gesicht hellt sich auf, und sie lehnt sich erwartungsvoll vor. »Sag schon. Und wir können gleich damit beginnen, dass du von jetzt an »du« zu mir sagst. Ich bin einfach Lara.«

»Gut – Lara. Erstens, Sie, ähm, du erzählst mir alles, was nicht nur für deine eigene Sicherheit, sondern auch für meine und die meines Teams relevant ist. Das schließt die Katzen ein. Zweitens bietest du allen Mitgliedern von

M.I.A.U. eine Stelle an. Es ist ihre Entscheidung, ob sie sie akzeptieren oder nicht. Drittens, vollständige Offenheit. Von beiden Seiten. Ich erfahre alles, was du planst, alles, was du als Teil deiner Arbeit tust. Das Privatleben bleibt natürlich außen vor. Und schließlich und endlich brauche ich deine Ressourcen, um jemanden zu finden.«

»Einverstanden mit den ersten drei Punkten«, sagt sie ohne zu zögern. »Wer ist die gesuchte Person?«

»Meine Schwester. Sie ist noch ein Kind, aber man hat mir gesagt, dass sie in dieser Stadt lebt. Gegen ihren Willen. Daran könnten einflussreiche Leute beteiligt sein. Sirenen. Sie haben ihr Unwesen mit meiner Familie getrieben, und wir haben ihr Netz bei uns zu Hause zerstört. Das will ich auch hier tun, falls erforderlich.«

»Glaub mir, ich habe überhaupt kein Problem damit, diesem Sirenenpack hier in der Stadt den Garaus zu machen, jedem einzelnen von ihnen«, sagt sie und schürzt angewidert die Lippen. »Seit ich von ihrer Existenz weiß, habe ich mehr und mehr herausgefunden, wie tief ihr Einfluss in unsere Gesellschaft reicht. Sie sind überall, ziehen die Fäden im Verborgenen oder zeigen ihre Macht ganz offen als Teil der High Society. Du kannst dir sicher sein, dass ich dir in jeder erdenklichen Weise helfen werde.«

Ich kann nicht umhin, einen Seufzer der Erleichterung auszustoßen. Endlich, endlich komme ich vielleicht einen Schritt voran. Mit Laras Hilfe könnte es mir gelingen, K7 zu finden. Aber was ihre Absicht betrifft, alle Sirenen umzubringen ...

»Nicht jede Sirene oder jeden Siron«, sage ich. »Da

wir uns versprochen haben, offen und ehrlich zu sein – einer meiner Partner ist ein Siron. Er steht aber fest auf unserer Seite, du kannst ihm vertrauen.«

Sie ist sichtlich überrascht, nickt dann aber nach einem Moment des Schweigens. »Wenn du ihm vertraust, gilt das auch für mich. Mit »jeden« meinte ich nicht wörtlich alle. Ich weiß, dass es bei allen Lebewesen Ausnahmen gibt. Er ist ganz bestimmt der erste ,gute' Siron, dem ich begegnet bin, aber ich akzeptiere, dass es außer ihm noch mehr geben könnte.«

»Kat!« Ryker ruft von der anderen Seite des Hauses. »Wir haben ein Problem.«

Ich wechsle einen Blick mit der Bürgermeisterin. »Ich komme gleich zurück.«

Sie lächelt mich an. »Keine Sorge, ich muss sowieso gehen. Wir können am Montag bei der Arbeit unser Gespräch fortsetzen. Glaub mir, ich bin so froh, dass wir diese Sache bereinigt haben.«

Es sieht fast so aus, als wolle sie mich umarmen, also gehe ich schnell aus dem Zimmer und lasse sie hinter mir herlaufen. Wir sollten uns vielleicht noch nicht zu nahe kommen, nach allem, was passiert ist.

Ryker steht in der Diele, eine schwarze Katze mit braunen Pfoten an seiner Seite.

»Lily hat mir gesagt, ich solle die Katze finden, die sie gestern geholt hat. Das ist der Kater. Und er hat mir gerade gesagt, dass er den Siron in der Nähe riechen kann.«

Ich starre ihn an. »Unseren Siron? Lilys Siron?«

»Einen Siron?«, fragt Lady Lara scharf.

»Ich erkläre das später. Wie nah ist er?«

»Wir sollten in der Lage sein, ihn zu sehen, wenn wir rausgehen. Aber wollen wir das? Das ist die Frage.«

»Wo ist Griffon?«, frage ich.

»Zum Einkaufen gegangen, zusammen mit Bethany und Benjamin.«

Mist. Wenn ich eines gelernt habe, dann dass es gut ist, bei einer Begegnung mit einem Siron immer einen freundlich gesinnten auf seiner eigenen Seite zu haben.

»Gut. Das könnte unsere einzige Chance sein, ihn zu fangen. Hol die anderen. Wir gehen auf die Jagd.«

Er lächelt, sieht aber nicht überzeugt aus.

»Wieso ist er hier, Kat? Woher weiß er, wo wir wohnen? Ich glaube nicht, dass das ein Zufall ist.«

Der Kater miaut drängend.

»Er kommt näher«, übersetzt Ryker. »Er ist auf dem Weg hierher.«

Ich nicke. Wir müssen jetzt schnell handeln. Ich pfeife scharf und alarmiere damit jede Katze in der Nachbarschaft, dass dies ein Notfall ist. Sie kommen von allen Seiten angesprungen, ihr Pfotenabdruck zwar leise, aber für meine Wandler-Sinne doch hörbar. Mindestens zehn von ihnen waren im Haus selbst. Wow, das hätte ich nicht gedacht.

»Lily! Lennox! Caitlin!«, rufe ich in voller Lautstärke.

Ich brauche besonders Lily, sie kann den Siron wiedererkennen, mit dem sie auf dem Ball war. Der Kater könnte sich bezüglich des Geruchs getäuscht haben, wer weiß.

Sie alle kommen innerhalb weniger Sekunden. Dem

Himmel sei Dank. Lennox ist immer noch im Bademantel und sieht mich schuldbewusst an. Wahrscheinlich ist er nie im Schlafzimmer angekommen um sich umzuziehen. Caitlin sieht aus, als sei sie gerade aus dem Bett gestiegen. Die Haare sind total zerzaust.

»Was gibt's«, fragt sie gähnend. »Was für ein Notfall?«

»Draußen ist der Siron, und er kommt auf unser Haus zu«, erklärt Ryker und zeigt auf den Türspion.

»Lily, sieh mal nach. Ist er das?«

Lily schaut hindurch und erstarrt.

»Kat, geh da nicht raus«, flüstert sie. »Sieh nicht hin.«

»Was ist los?«, knurre ich, und aus Sorge wird Ärger.

»Er ist es, aber er ist nicht allein.«

Ich kann nicht länger stillhalten. Ich schiebe sie zur Seite und drücke mein Gesicht gegen die Tür. Ein Mann steht auf der anderen Straßenseite mit einem großen Wagen hinter sich; neben ihm steht ein Kind.

Ich denke nicht nach. Ich reagiere nur noch.

Ich öffne die Tür so schnell und heftig, dass sie gegen die Wand fliegt.

»Kat!«, ruft Lily, aber ich beachte sie nicht. Ich beachte keinen von ihnen mehr, obwohl sie alle versuchen, mich am Hinausgehen zu hindern.

Das Mädchen steht bewegungslos neben dem Siron. Dreckverschmiert, die schmutzigen Haare verdecken den größten Teil ihres Gesichts, aber ich weiß ohne den geringsten Zweifel, dass sie es ist. K7. Meine Schwester.

»Komm nicht näher«, warnt mich der Siron, als ich auf ihn zu renne.

Die Drohung, die in seiner Stimme mitschwingt, lässt mich anhalten.

»Endlich treffen wir uns persönlich, K1. Es ist mir ein Vergnügen, « sagt er aalglatt und erinnert mich an eine Schlange, die sich um ihr Opfer windet.

»Ich heiße Kat«, fauche ich. »Und jetzt gib mir meine Schwester.«

Er lacht. »Ich denke, da liegt ein Missverständnis vor.« Er ergreift die Plane, die den Wagen hinter ihm bisher verdeckt hat und zieht sie mit einem Ruck herunter. Sie fällt zu Boden und offenbart einen Käfig. Er hat einen Käfig mitgebracht. Hat er meine Schwester darin transportiert?

Wut steigt in mir auf, verwandelt mein Inneres in flüssige Lava. Ich presse meine Fingernägel in meine Handflächen um zu verhindern, dass ich ihn anspringe. Ich will meine Schwester nicht in Gefahr bringen, nicht jetzt, wo ich sie endlich gefunden habe. Sie hat sich noch immer nicht bewegt. Oder von meiner Anwesenheit Notiz genommen.

»Geh in den Käfig hinein.«

Ich sehe ihn verächtlich an. »Und warum zum Teufel sollte ich das tun?«

Blitzartig zieht er ein Messer und hält es meiner Schwester an die Kehle.

»Darum«.

Zum ersten Mal hebt sie den Kopf. Ich sehe ihr in die Augen, gefüllt von abgrundtiefem Leid und Schmerz.

Die Welt steht still. Mein Herz hört auf zu schlagen. Alles kommt zum Stillstand.

Und ich gehe in den Käfig, höre nicht auf die Rufe und Schreie derer, die ich zurücklasse.

Für meine Schwester.

* * * * * *

Die Geschichte geht weiter in Friss mich, *dem sechsten Buch der Serie.*

Wenn ihr Nachrichten zu der Killerkatzen-Serie oder anderen Büchern haben möchtet, bestellt meinen Newsletter:
skyemackinnon.de

Die Autorin

Skye MacKinnon ist eine schottische Bestsellerautorin mit einer Vorliebe für fantastische Welten, keltische Mythologie und starke Heldinnen, die nicht gerettet werden müssen.

Sie wurde zwar in Deutschland geboren, ist aber inzwischen so schottisch, dass sie ihren Tee nur mit Milch trinkt, regelmäßig Haggis jagen geht und auch schon unter den ein oder anderen Kilt geschaut hat (natürlich rein zu Forschungszwecken).

Wenn sie nicht gerade in ihrem Lieblingscafé schreibt, vertilgt Skye getrocknete Mango, erkundet die schottischen Highlands und kuschelt mit ihrer hyperaktiven Katze.

Skyes deutsche Bücher & Newsletter: **skyemackinnon.de**

Skyes englische Bücher:
(einige sind auch als Hörbuch erhältlich)
skyemackinnon.com/books

Bücher von Skye MacKinnon

Highland Shifters

Eine übersinnlicher Reverse-Harem-Serie mit einer starken Heldin und vier sexy Bären-Shiftern. Freut euch auf starke Alpha-Männer, ein episches Abenteuer, heiße Szenen, schottische Landschaften, Mythologie und ein post-apokalyptisches Setting.

Celtic Magic

Spannung, Magie und Leidenschaft gemischt mit schottischer Mythologie. Dies ist eine Reverse-Harem-Romance in der Wyn nicht nur einen, sondern gleich vier umwerfende, heiße Partner hat.

Killerkatzen

Eine Urban Fantasy Reihe voller Katzen, Geheimnisse und Morde. Dies ist eine sich langsam entwickelnde Reverse Harem Geschichte, in der Kat sich nicht zwischen ihren Partnern entscheiden muss.

Starlight Highlanders: Aliens mit Kilt

Wenn ihr auf heiße außerirdische Highlander in Kilts steht, starke Frauen, die sich nicht gerne sagen lassen, was sie tun sollen, und Happy Ends, dann taucht ein in die Welt der Starlight Highlander.

Starlight Wikinger

Raue Wikinger aus dem Weltall suchen Frauen auf der Erde...
Heiße Aliens, spannende Action und eine Prise Humor
erwartet euch in der mitreißenden Starlight Wikinger Trilogie.